目次

大津誠一郎

哀しい運命の人々

二日市《ふつかいち》保養所

文芸社

引揚げ者達の決死行

昭和二十一年、冬の寒さも和らぎ始め、平常時であれば自然の移り変わりに応えて薄いピンクがかった蕾が、春を待ち望む人々に春の訪れをはっきりと気付かせ、その数日後に上下四方に広がっている無数の枝に開きかけた花びらが彩りを添え、やがて木全体を薄いピンクがかった白い花びらで飾る様に咲き誇る桜が人々に開放感をもたらしたであろう三月中旬の頃であった。

福岡市馬場新町にある国鉄博多駅（現ＪＲ、昭和三十八年移転）前から、路面電車が走っている大博《たいはく》通りが西北方角に向って伸び、路面電車は一キロ強先の呉服町交叉点から左右に分かれていくが、西北方角に伸びている道路は二キロ強先の博多港に至っている。

博多駅から徒歩で十四分程、博多駅と呉服町交叉点の中間辺りの大博通りから、東北方角に百数十メートル程入った所に、聖福寺と言う鎌倉時代に創建された臨済宗の名刹がある。

前年の六月十九日午後十一時十一分、二百二十一機の米軍機Ｂ―二九の低空爆撃を受けて市内の四分の一が油脂焼夷弾によって焦土と化し、当時の人口三十二万三千程の内六万を超える人々が被害にあったと言われている。

大博通り周辺も同じ様に被害を受け建物は破壊され、博多駅から博多湾の海が見える程の惨憺《さんたん》たる状況であったが、聖福寺は運良くこの惨禍をまぬがれていた。

広い聖福寺の建物内で急遽運営を始めて間もない聖福病院の一室で、七十代と五十代の女性は共に顔色悪く瘦せ、精神的にも憔悴した様子で椅子に腰を掛け視線を足元に向けている。六十ワットの電球の灯が二人のこけた頰と皺《しわ》の陰影をあらわにしている有様を見て心身共に疲れ切っている、と推察した在外同胞援護会救療部の庶務課長田上は、命がけの逃避行であったであろう、と察し労《ねぎら》いの言葉をかけた。

「大変でしたね、辛い思いをされたでしょう」そう言った後「娘さんの姿が無いが…?」と言う思いが浮かび、田上の脳裡に小さな不安の灯がともった。

「相談事があって訪ねて来られたのだろう」と思っていたが娘さんを伴っていない事に疑問を感じ、かける言葉を探しながら二人を注視したが、先程かけた言葉に僅《わず》かにうなずいたきりで、その後二人は視線を足元に向け続けており一言も言葉を発しなかった。

朝鮮で女子師範学校の衛生学の講師をしていた田上は、京城帝大の助教授であった柳田が総長の要請を受けてつくった避難民救療活動の組織に加わり、この組織が外務省の外郭団体、財団法人〝在外同胞援護会〟と交渉し援助をとり〝在外同胞援護会救療部〟として再発足し、福岡で既に引揚げ援護活動をしていた日赤グループの織田院長（元朝鮮清津日赤病院長、後に日赤を退社して救療部に加わる）達と共に、聖福病院を拠点として引揚げ者の為の医療活動を行う事になり、その職員の一人として大陸から引揚げて来た病人らしき人を見つけ、診察を勧めたりしていた。

そして昨日、いつもの様に引揚げ船から遺体と病人が降ろされた後、位牌を握りしめたり遺骨の入った小さな箱を紐で首から下げ、骨と皮ばかりかと思える程痩せ細り、破けている服を身につけた子供達が船から降りてくる様子や、すり切れ、汚れた衣服に頭を丸刈りにし汚れたような顔の女性達を、痛ましい思いで目を向けている時、突如「先生！」と呼ぶ声に顔を向けると若い女性が近寄って来た。

顔はススで汚れ頭は丸刈りで、着ている衣服はすり切れて汚れており、しかも男物であった。

「誰だろう？」

不審気な表情の田上にその女性は「私、女子師範学校の卒業生、武本幸子です」と名乗った。

「私の教え子…」と内心つぶやいた田上はススで汚れている顔をまじまじと見た。落ち着いて良く見ると確かに見覚えが有り、田上はゆっくりとうなずいて見せた。

小柄な顔立ちで目元が穏やかな印象は甦ってきたが、頬は細くなりススで汚れている今の顔を一見して見分ける事は無理だった。

「無事で良かったね」

「はい先生」と言った後、彼女の目には涙が溢れすすり泣きだした。「はっ！」と驚き彼女を凝視した田上は、その涙は〝喜びの涙では無く悲しみの涙だ〟と察し漠然とした不安を感じた。

その時、彼女の後から七十代と五十代位の二人の女性が姿を見せ、彼女は二人を祖母と母親だと紹介し短い会話をした後、「先生、どちらにおられるんですか？」と母親に聞かれ、呉服町近くの聖福寺内の聖福病院にいる事を伝えたのだった。

「疲労が重なっている筈なのに帰国したその翌日に二人だけで訪ねてくると言う事は娘さんの身に何かがあったのだろうか？」そう思った時、田上の脳裡に埠頭《ふとう》で泣き出した教え子の姿が浮かんできた。

しかも話し難い様子に田上は「お疲れでしたね、体は大丈夫ですか？」と教え子の事では無く、穏やかに差し障りの無い言葉をかけた。

田上の言葉に祖母はかすかにうなずき、「はい。実は孫娘の事でございますが…少しでも早い方が良いと思いまして…」と言った後、ゆっくりと顔を上げ苦衷に満ちた目を向けた。

「実は…実は孫娘は…身籠《みごも》（妊娠）っております」

祖母がしぼり出すような声を発した直後、横に腰かけていた母親のすすり泣く声が室内に流れていった。

田上は俯いて目頭をおさえている母親の痛ましい様子に目を向けたが、直ぐに祖母に視線を戻した。

「孫娘の父親が現地召集を受けた一ヶ月程後、孫娘は朝鮮北部の町の小学校の教員として採用され民家に下宿して生活しておりましたが、そこへソ連軍が突然朝鮮北部に侵攻して来ました。そしてソ連兵が娘の下宿に押し入ってきたのです」

そこで言葉を切った祖母は、口元を固く締めて俯いた。

田上は孫娘がこうむったであろう惨禍を、一瞬にして理解した。

田上の表情が険しくなり、祖母の眉間に皺《しわ》が寄り、口を固く締め苦痛に耐えるかの様に目を閉じた。

薄明りの電球の下、三人の間に沈黙が流れ、田上は発する言葉が思いつかず視線を落としていたが、十数秒とたたぬ内に祖母は顔を上げ苦痛を振り切る様に強い眼指しを田上に向けて言った。

「四人のソ連兵が孫娘に襲いかかったのです。何とひどい！　そしてその数時間後に別の二人の兵士がやってきて、又孫娘は辱めを受けたのです。こんな残酷な事を！　神も仏も有りません。近所の人が『この家じゃないか？』『この家だ』と話す男の声を聞いたそうです。

恐らく先に襲った男達がその仲間に話したに違い有りません！　人間のする事では有りません！　獣です！　孫娘の恐怖を思うと怒りで、はらわたが煮え繰り返る思いです！　くやしいです。あの獣達を殺してやりたい位です！　くやしくて、くやしくてたまりません！

孫娘は自殺しようとしましたが、近所の人が気付き命は助かりました。しかし孫娘は死にたい死にたいと言っております。あの兵士達は今頃どんな顔をして生きているのかと思うと、本当にくやしくてくやしくてならんです！　あの獣達を殺してくれる人がいたら……本当に！　本当に殺してやりたいですよ！」

祖母は高ぶった感情をあらわにしながら一気に話すと呼吸を整える様に一度大きく息をついた後、数回ゆっくりと呼吸をした。

冷静に戻った祖母の表情は一変した。その目は救いを求める老婆のものだった。

「孫娘は赤子を産む事は出来ないのです。子供を産めば孫娘は生きていけないでしょう。ソ連兵の赤子を産んだら、周囲の人達から軽蔑され冷たい目で差別され、孫娘は赤子と一緒に自殺するでしょう。目に浮かぶようです。

私と娘は『死にたい』と口走る孫娘を励ましながら、ソ連兵や日本を憎んでいる現地の人達の目を逃れ、昼間は雑木林や人里離れた場所に潜んで、夜になると人目につかぬ様に港を目指しました。中には親切な現地の人もいて食べ物を貰い、空腹ながらも何とか食いつなぎ、道端に飢《う》え等で力尽きた人達の遺体が転がっている有様を目にし、辛い地獄のような逃避をひと月近く続け、やっと日本に辿り着いたのです。孫娘を励ましながら、やっと日本に帰り着いたのです。先生！　どうか孫娘の子をおろして下さい！」

祖母は背中を曲げ頭を深く下げて「一生のお願いです」と弱々しく言ったまま、数秒間同じ姿勢でいたが、直ぐに上体を上げ続けて言った。「孫娘は日本にやっと戻って来ましたのに……やっとです。それなのに…それなのに日本で生きていく事が出来ないのです。一生のお願いでございます。先生！　どうかお願いです。助けて下さい！先生！」

烈しい一途な願いを込めた目で、すがる様に田上を見る祖母の目に涙が溢れ、頬を伝って落ちていった。

悲惨な大陸の状況は、兵役についていた田上自身が見聞きしていたので、祖母が訴える事柄は直ぐに理解する事が出来た。

「人間の本質は昔も今も変わる事は無い。この世に生を受けた無垢の赤子も成長するにつれ、様々な欲望と感情が芽生えてくる。その強弱は全ての人間が異なり、性格の違いによって正と悪となって、他の人々に影響を与える程個人差が生じる。人間の世界はその繰り返しである」と何かの本で読んだ事があるが、遠い昔戦いに敗れた人々は奴隷として虐待され女性は更に蹂躙されていたが、現代においても勝利した軍の兵士達の多くが、一時的に獣に変心して女性を蹂躙する。日本兵も大陸で横暴な行為をしてきた。戦争と言う人を殺す行為が、死ぬか生きるかと言う苛酷かつ窮極な状況の中で、人間としての心を変えてしまう。どこの国の人間も同じ行動をおこす。これは戦争によって人間が成す残酷非道な行為なのだ。

市民が戦争反対を口にすると投獄され、更に兵を無駄死にさせるのみの無謀な作戦に再考の意見を述べた部下に「大和魂は有るのか！　非国民！」と罵倒され解任されたと聞いた事があるが、改めて考えると権力者達は戦陣訓で軍人に死を命じたり又「本土決戦！」「徹底抗戦！」「一億総玉砕！」等日本国民を滅亡させるかも知れない様な事を主張した幹部達こそ非国民では無いだろうか（戦陣訓とは昭和十六年当時の陸軍大臣〈後に首相〉が、全陸軍に命じた心得でその中の一部にある「生きて虜因の辱《はずかし》めを受けず」とある言葉は「捕虜になる事になるならばその前に死ぬべし」と言う意味で一時的かも知れない捕虜になりかけた軍人に対して死を命じた心得として知られている）。指導者達は国民を地獄の様な目にあわせ、自分達の主義主張を正統化するのみで反省も無い。戦場では内臓がはみ出し手足が吹っ飛んだ無数の死体を目にしたが、その凄惨さは今でも目に浮かんでくる。死体に群がるハエやうじ虫…戦争は残酷だ！

　やりきれない思いに内心溜息をついた田上は、祖母の目をしっかりと見て言った。

「わかりました。この病院にも産婦人科の医師がおりますので…」と言いかけて田上は途中で言葉をのんだ。

　田上の脳裡に突如〝医師免許剥奪〟と言う言葉が浮かんだからである。

「即答して良いのか？」と言う自責の念が脳裡をかすめていった。救療部に相談する事無く勝手に承諾して良いのか？　と自問したが田上は直ぐに救療部を説得しようと内心決意して、目の前の気の毒な祖母にしっかりとうなずいて見せた。

しかしその事が思わぬ結果になろうとは、その時田上は思いもしなかった。

当時日本において人工妊娠中絶〝堕胎〟を厳しく禁じた〝堕胎罪〟と言う法律が存在した。

その法律に違反した医師は罰せられ、かつ医師免許を剝奪される事になる。

この法律は戦後の未曾有《みぞう》の混乱の中での施行は困難であると判断され、「経済的事由の場合は認める」とする優生保護法が制定されたが緊急性に即応する事無く、遅れる事二年数ヶ月後の昭和二十三年七月に公布された。

昭和二十年八月十五日終戦となり引揚げ援護局が国内の港十八ヶ所に設置され、その一つとなった博多港に九月十五日引揚げ船〝雲仙丸〟が入港したが、それは大陸から幼子を連れた婦女子や老人等多くの人々を救出する事になる輸送計画の、最初の引揚げ船であった。

政府は当初数隻の船舶を引揚げ船として対応したが、大陸の内地から遥かに遠い苛酷な道程を命からがら港に辿り着いた人々が、日を増す毎《ごと》に膨れ上がり稼働している引揚げ船の能力を超え、引揚げは容易に進まなくなった。

しかし大陸での引揚げ者の悲惨な状況が伝えられた事により、政府は引揚げ計画を見直して最優先する事に決定したが、引揚げの為に使用する船舶の確保が出来ず、G

ＨＱ（連合国軍総司令部）に引揚げの為の船舶の供与を要請し、更に許可を得て残存する海軍の艦艇を修理し、引揚げ船として輸送にあたる事になった。

その後ＧＨＱは二十一年の始め次の様な船舶を引揚げ用に供与してきた。

・大型上陸用舟艇《しゅうてい》（戦車等を運ぶ船）三千トン　八十五隻

・リバティ型輸送船　五千〜一万トン　百隻

・病院船　六隻

その結果、全国十八の引揚げ港にその年、五百万人程の人々が引揚げてきたのであった。

その間、闇船と呼ばれた魚船等を個人或いは数人又は家族で雇い、引揚げてくる人達もいたが、それは一部の人達のみで大半の人々は出航する予定も不明で、又その船に乗れる保証も無いまま途中道端の屍《しかばね》となる人も数多く出る中、生き残った人々は弱った体を自ら励まし、決死の思いで港を目指したのであった。

港に着けば、港にさえ行けばと切実に願う一縷《いちる》の望みのみを支えに、心身共に疲労困憊した体に鞭《むち》打って…。

逃避行の発端となる異変はソ連との国境に近い地域から始まり、国策で国境近くに送り込まれていた開拓団の人々や朝鮮北部に住んでいた人々は、青天の霹靂《へきれき》とも言うべきソ連軍の突然の侵攻に愕然とし恐怖と不安に襲われたのであった。
その状況は侵攻と言う表現よりは人民達に襲いかかっていったと言える実態であった。

日本軍は予測さえしていなかったソ連軍の侵攻。人々を恐怖に落とし込んだ侵攻の裏には、秘密の協定があったのである。

一九四五年二月、ウクライナ南部クリミア（クリム）半島の南側、黒海に面する港町ヤルタでアメリカ、イギリス、ソ連の三首脳が集まってヨーロッパの戦後処理について話し合った際に、アメリカから対日参戦を要請されたソ連は見返りを要求し、条件付きで承諾しそこで秘密の協定が結ばれた。

当時、日本とソ連は中立条約を締結していたが、ソ連の指導者は中立条約を延長しない旨を同年四月五日、日本政府に通達し、満州と日本の植民地となっている朝鮮に侵攻する計画を立て参戦の条件を手中に収める為、参戦の準備にとりかかり八月八日に完了させた。

八月九日の未明、ソ連軍は朝鮮の北部からとソ連の領土から満州につながっている全ての道路から一斉に侵攻し、満州に拠点を置いていた関東軍の主力部隊が日本の戦況の悪化に伴い南方戦線（サイパン等）に移動した後の少数の残留部隊と、老人や婦女子のみとなっていた満州の各地に、侵撃を開始したのだった。

身の危険を察した人々は今迄懸命に働き築いてきた財産を放棄し、身につけられる衣類は出来る限り重ね着をし持てる物のみを手にして住まいを後にした。地域によっては遥かに遠い道程となる港へと向う事になったが、それは人々が容易では無いだろうと危惧していた事柄を遥かにこえる地獄の逃避の始まりであった。

ソ連軍の兵士や馬賊、又日本軍が弾圧した現地の一部の人達の報復から逃れる為、明るい内は林の中に潜み、闇夜に逃避を続け、食べ物を手に入れる事が難しく体力が尽き路傍に倒れる人も多かった。更に、地域によっては終戦の混乱の中、鉄道は十分に機能せず、数週間動かなかったり、やっと動いても途中で再び動かなくなったりする事が数回繰り返され、その後は原野等の逃避が続く内に大陸特有の極寒の冬となり、氷点下の気温が続く中、飢えと疲労に加えて疾病の為、多くの人々が命を落としていった。

逃避の途中、乳児の泣き声で発見される事を恐れた同胞から命じられて、我が子を殺してしまい気が狂ってしまった母親や、又乳児や幼子を現地の人に泣く泣く託した母親もいた。更に、進攻してきたソ連軍兵士による凌辱に、婦女子達は怯え続ける事になる。

ソ連軍は「非戦闘員に危害を加えた者は厳罰に処せられる」との主旨で書かれた印刷物を配り、兵士の規律を取り締ったが、その効果は少なく逃避行の婦女子を凌辱し、特に夜になると家の鍵を壊して侵入し、兵士から娘を守ろうとした親を銃で殺して娘を連れ去ると言う蛮行が、各地で繰り返し発生した。

銃で脅し略奪や暴行、凌辱を行ったソ連軍兵士の蛮行は、婦女子を震え上がらせ、筆舌に尽くし難いものであった。

しかし倫理、正義の持ち主は何処かに存在している事は事実で、朝鮮の元山《ウオンサン》でロシア人に親切にして貰ったと言う人もおり、又戦後数十年過ぎた頃、戦時中塹壕で死んでいた両親のそばで泣いていた乳児をロシアに連れ帰り、養護施設に預けたりしてその成長を見守っていたと言う、元兵士の実話が報道されたのである。

命がけの逃避を続け、地獄のような苦難をこえて博多港に降り立つ事が出来た人の数は、百三十九万四千四百二十九人で、闇船で引揚げた人の数は、十四万人程と推定されている。

二日市保養所

引揚げて来た人々が降り立った博多港から、東南の方角十六キロ程の所に、二日市《ふつかいち》保養所が在る。福岡県筑紫郡二日市町湯町（現、福岡県筑紫野市湯町）と称する地が、その所在地名である。

二日市保養所は、昭和四年、博多の資産家村上義太郎氏により温泉保養所として建てられ、戦時中は陸軍に接収され傷病兵の治療を行う「武蔵温泉療養所」となり、その後、愛国婦人会の保養所となったが、戦後福岡県に移管された。

敷地二千坪の中に東西に長い二階建ての木造建築物があり、長さは九十六メートルで西側の端から南側に建物が直角に十五メートル程伸びており、その曲り角の側《そば》に玄関があった。

一階に二十八室、二階は二十室で、共に六畳と八畳の部屋があり、敷地内には職員の宿舎も建てられ、庭が広く桜やヒマラヤ杉に銀杏、榧《かや》の木があり、更に畑が作られ野菜を栽培していた。

敷地の北側に幅二メートル程の道が通っており、道に面して武蔵温泉（現、二日市温泉）の通りに建ち並んでいる旅館の裏口が続いている。

通りの角は「パーマ屋さん」と呼ばれている美容院があり、二日市保養所を退所して故郷へ戻る時そこを利用する人もいた。

二日市保養所の敷地の周囲はレンガ塀で囲まれており、人目を忍びたい人々にとっては、静かで落ち着く事が出来る最適の環境であり、武蔵温泉の夜の賑わい等も気になる程は伝わって来なかった。

武蔵温泉は福岡市から約十六キロ程の近い距離にあり、福岡、博多の奥座敷と呼ばれ広く利用されていて、明治二十九年、夏目漱石が夫人と共に新婚旅行でこの地を訪れた時に「温泉の町や踊ると見えてさんざめく」と詠んだ句が、黒田藩主ゆかりの湯である〝御前場〟と言う屋号の温泉施設の入口脇の石碑に刻まれている。

又、野口雨情もこの地を訪れた時に詠んだ「梅ぢゃ太宰府天満宮　梅と桜は一時にゃ咲かぬ　うすらおぼろの夜がつづく　今日は武蔵の温泉泊り　旅の疲れを湯で治す」の歌碑が、ＪＲ二日市駅前に建っている。

二日市保養所は、救療部が引揚げ援護局に具申して福岡県から武蔵温泉保養所を借り、救療部が運営する事になったが、当初は「厚生省博多援護局保養所」と書かれた看板が玄関入口左側に取り付けられ、その後直ぐに「在外同胞援護会救療部二日市保養所」と書かれた看板が取り付けられる事になる。

　昭和二十一年三月二十五日、救療部の柳田が堕胎罪の特例法を政府に働きかけたが閣議で否定された為、政府の許可が得られないまま救療部は暗黙の妊娠中絶手術を断行する事に決め、元京城帝国大学出身で博多に引揚げてきていた高木医師が、二日市保養所の医務主任として勤める事になった。

　昭和二十一年三月二十八日、高木医師の妻洋子は、長男武志を捜して職員宿舎の勝手口を出て門の方へ目を向けた時、西の空に傾いた夕陽によって茜色一色に映えている中、一台のトラックが土埃《ぼこり》をあげて門から入ってくるのが見えた。トラックはゆっくりと玄関の手前で止まり、幌の無い荷台に乗っていた五、六人の人影が次々に降りていった。

　遠目にも全員丸刈りで着ている服もよれよれの作業服の様に見えたので、男性の引揚げ者だろうと洋子は思った。

　しかし夫が宿舎に戻って来た時その事を話すと、「いや全員女性だよ」との夫の言葉に「えっ、そうなんですか」と多少驚いたが、その後、女性達が堕胎手術か又は性病の治療の為にきた事を知らされて、一瞬息をのんだ。

　洋子も上海からの引揚げ者で、それ程苦労する事も無く博多港に着き、鳥取の実家に身を寄せていた所、夫の二日市保養所勤務が決まり五才の長男と共に数日前に呼び寄せられていたが、仕事の内容は聞かされていなかった。

引揚げ者の悲惨な状況は洋子の耳にも届いていたので、同じ引揚げ者として他人事とは思えず身につまされると共に、堕胎と聞いて洋子は驚きかつ動揺した。

「でもあなた、堕胎手術は堕胎罪では有りませんか。堕胎罪で逮捕されたら実刑の上、あなたにとって最も大事な医師免許を剝奪されるのですよ」

洋子の顔は青ざめていた。胸の鼓動が激しく打っているのを感じながら洋子は夫の顔を凝視した。

「確かにそうだよ」

高木は複雑な表情を浮かべてうなずき、妻の顔を真っ直ぐに見て言った。

「もちろんわかっている。わかっているが、人間として行動しなければならないんだよ。それにこれは私個人がするのでは無く、国家が始めた戦争の犠牲者となった女性達を救う為に、在外同胞援護会救療部が行うと言う事だよ。それを私が手伝うと言う事になる」「でもあなた、手伝うと言っても、それは犯罪を手伝う事になるんですよ」

「うむ…」

「武志は犯罪者の子供となり、あなたは医師としての仕事が出来なくなるのですよ」

洋子の心臓の鼓動は激しくなり、夫の手術をやめさせるにはどう説得すれば良いのか？　頭の中は混乱し涙がにじみ、洋子は哀願に満ちた表情で夫を見続けた。

その目に涙がにじんでいるのを見た高木は、「妻は私以上に苦しんでいる。妻であり親でもある妻の不安は十分に理解出来る。自分も数日間悩んだ末に引き受けたのだから、妻が動揺するのは当然だ。これは引揚げ者達の現状を説明するしかないだろう」

と判断し妻の目を見てうなずいて見せた。

「実はフィリピンから引揚げてきた後、救療部の知人に会い、彼等の話を聞いて私は衝撃を受けたよ」

洋子は張り詰めていた思いをゆるめる様に、ぎこちなく深呼吸をしてうなずいた。

「現在、博多湾には大陸からの引揚げ船が検疫を待って三週間程停船しているが、以前その船から若い女性が続けて投身自殺をしたそうだ。その後も発生しており、これから先もおこりうる。自殺した女性は全て、凌辱されて身籠っている人達だ。日本に辿り着く迄数ヶ月かかった為に、腹部はふくらみそのまま故郷に帰る事は出来ない。まして、西洋人とわかる赤子が生まれたら大変な事になる。家族全員がまき込まれて、家族関係がこわれるだろう。そうで無いとしても、周囲からは冷たい目で見られ差別されて苦痛に耐えきれず、結局は自殺へと追い込まれる。自殺した女性達は、真剣に死ぬか生きるか毎日悩み続けたのだろう。そして悩み続けた末に、死ぬしか無いと決心した。帰国を目前にして、どんなに辛かった事か…そんな時、救療部の田上さんが、京城で講師をしていた頃の教え子と博多埠頭で出会ったそうだ。その翌日、祖母と母親が聖福病院に訪ねて来られて、娘さんが凌辱され身籠っている事を打ち明けて、堕胎を相談された。田上さんは救療部に相談し産婦人科の医師が手術をしたが、娘さんは胎児と共に亡くなり、祖母と母親は大変嘆き悲しみ、娘さんの遺体にすがる様に手をかけて号泣されたそうだ。その話を聞いて、遺体にすがる様に手をかけ娘さんの名前を何度も呼びながら、泣いておられる母親とお祖母さんの姿が目に浮かび、僕は激しく心を揺さぶられたよ。設備は不十分だし堕胎は法律で禁止されている為、経験が無く手術の失敗だったそうだ」

「亡くなられたんですか、お気の毒ですね。お若いのに…」洋子は眉をくもらせた。

「うん、そうだね。これから先、凌辱された女性達が数多く引揚げてくる事は間違い無いと判断した救療部の会計課長、柳田さんは、このままだと同じ悲劇が繰り返されると危機感を覚えて、その様な女性を救う病院の必要性を痛感したそうだ。柳田さんは以前、女性を連れ去ろうとしたソ連兵から女性を助けようとした男性がいきなり銃で撃ち殺された話や、ソ連兵の〝女性狩り〟つまり女性を連れ去りにやってくる事を言うそうだが、その兵士達から娘を守る為、娘を屋根裏や床下に隠したが代りに母親が兵士の犠牲になったと言う話等を聞いていたので、直ぐに女性達を救わねばと思ったそうだ。

この様な婦女暴行は、引揚げ援護局でも問題にはなっていたそうだ。中国等で日本軍が勝利した土地で、現地の女性を暴行したと言う話を、私も数回聞いた事があるよ」

大陸での出来事は噂等で聞いていたので多少は知っていたが、そのような事が！と洋子は内心驚いた。

「戦争がおこれば、現地の女性達が被害にあうのは世界のどこの国も同じだ。どこの国の人間も欲望の本質は同じだよ。自分で言うのはなんだが、男が存在する限り争いがおこれば世界の各国の男達が犯す犯罪と言える。

もちろん全ての男性では無く、理性がしっかりしている人はその様な事は無いだろうが、仮に犯罪を犯す者が一割いるとしても千人の場合は百人だからね、被害者にとっては大変な人数になるんだよ。救療部は引揚げ援護局に何度も陳情書を提出して、女性専用病院の建設を計画したが、受け入れて貰えなかった。

そこで行動派の柳田さんは、即上京して厚生省に堕胎の特例法だけでも設けて貰う為に陳情したそうだが、厚生大臣の賛成は得たものの法務大臣の反対にあい、結局閣議で否定されてしまった。そうこうする内にも引揚げ船は次々に入港し、その中には死ぬか生きるか、と悩み続けている女性達がいる。これは一刻の猶予もならないと柳田さん達は焦り奔走して、この二日市保養所を捜し出し県から借りる事にしたそうだ。

敷地は広く周囲はレンガ塀で囲まれており、静かで温泉施設もあり、精神的肉体的にも疲弊している女性達が静養して治療を受けるには環境も適しており、部屋数も多く暖房についても温泉の蒸気を通すスチーム設備が出来ている。麻酔薬は手に入らず薬品や衛生用品、器具や設備も不十分だけど、一日も早く始めなければならない仕事なんだよ」

救療部の状況を認識する姿勢と素早い行動力に感心し、又これらの非常事態を理解しつつも、洋子は一抹の不安を抑える事が出来ず「でも、何故あなたがこの保養所でなければいけないのですか？　出来れば他の所でと思わずにはいられないのです」

そう言って洋子は眉をくもらせた。

不安に満ちた妻の顔を見て〝本当にすまない。私の事を心配しているのはわかるが、この仕事が終る迄…引揚げが終る迄の辛抱だ〟と自分自身に納得させる様に、内心つぶやき黙したまま、高木は湯呑茶碗へ手を伸ばして口にお茶を含み飲み込んだ。

お茶の香りと軽い渋味が気を落ちつかせた事で、高木は妻の目を見てうなずくと話を続けた。

「それでは僕がこの仕事を引き受ける事になった経緯を話すよ。軍医として赴《おもむ》いたフィリピンでは、負傷者の治療ばかりで産婦人科医としての経験は止まったままで知識は薄れていき、これでは医師として不十分だと思い、博多に引揚げて来て直ぐに勉強の為、九州大学の医学部に通う事にした。その時、救療部から二日市に産婦人科の病院をつくるから、是非参加して欲しいと頼まれたんだ。

その時色々話を聞き、彼等が滅私奉公の様にして引揚げ者達に尽している様子に私は驚き、正しく〝医は仁術なり〟そのものだと思い、正直感動して体が熱くなった」

高木はその時の高揚した気持が甦り、ゆっくりとうなずき話を続けた。

「他人の為に寝食を忘れる程の奉仕なんて、夢の中の話の様に思っていたよ。戦場で人間の醜《みにく》さを、厭と言う程見てきたからね。

しかしその後、病院設立の目的が堕胎手術だと聞いて僕は仰天した。堕胎手術の禁止は軍国主義の国策の一つで刑法に反する。

堕胎罪は七年の実刑だし、更に僕にとっては命取りとも言える医師の免許剝奪だ。僕は考えさせて欲しいと返事をして数日間悩みに悩んだ。しかしどうしても決めきれずに知人の医師に相談したよ。彼等も真剣に考えてくれて、現在の未曾有《みぞう》の非常事態を考えれば、この際人間として行動するしか無いだろうと言う結論に至った。『しかしこの事は個人で行う訳では無く、政府が救わなければならない戦争の犠牲者達を、救療部の一員として行うのだと言う事を念頭においてやる事だ』と言われたよ。そう言われて僕は思った。

引揚げ者の中には、国が後押しをして満州へ送り出した人達も数多くいる。戦争の犠牲となり地獄の苦しみにあっている女性達はどうすれば良いのか…どうする事も出来ない女性達を救う為には、堕胎しか無いんだよ」

「そうですねえ…」

洋子は不安が入り混じった複雑な表情をして言った。「女性達の地獄の苦しみを救う事は、人として異をとなえる事は出来ませんね。それにこの仕事は産婦人科の医師にしか出来ない事ですから…ただあなたがいつか罰せられるのではないかと思うと、心配なのです」

「わかっている。わかっているよ。君には心配かけて本当にすまないと思っている」

そう言って高木は頭を下げた。

夫の神妙な態度に洋子は驚き慌てて「いえあなたの気持はわかりました。あなたの心を乱すような事を言ってすみませんでした」と詫び夫に頭を下げた。

「いやいいんだ。君が不安に思うのは当然なのだから。しかし今日来た人達の服は破れ顔にはススを塗り頭は丸刈りだから、遠くから見ると男性と見間違うだろう。あの人達は朝鮮の北部から引揚げてきたそうだ。引揚げ者も上海近辺からの人達は比較的に身なりは良いが、満州や朝鮮北部の方から引揚げて来た人達は、生死の境を生き抜いてきた人ばかりだと柳田さんは言ってたよ」

「本当にひどい話ですね」

「先程も言ったけど、兵士達が人道に反するような事をしているそうだよ。国境に近い所ではソ連軍が戦車で進攻して来て、兵士達は銃を手にして略奪、暴行等やりたい放題の事をしているらしい。敗戦国となった為に今迄の立場が逆転して、現地の一部の人達からも乱暴される事もあるらしい。被害者は力の無い女性や子供だから悲惨だ。その人達が博多埠頭に降り立った姿は目を覆《おお》うばかりだと聞いている。

柳田さん達は毎日夜遅く迄頑張り、仕事の役割に不平不満ひとつ言わず事を成しとげる為に努力をしている。それに組織をつくる才能も素晴しい。しかも出世も望まず苦しんでいる人達を救う為に奔走しているんだから、僕は頭が下がる思いだよ。凌辱された女性達の悲惨な帰国を目にして、早急に手を打たねば大変な事になると真剣に考え、即上京して厚生省に行くなんて、柳田さんは視野が広く行動も早い正に敬服に価《あたい》する人物だよ」

「そんなに努力されてりっぱな方ですね。でも戦争さえ無かったらこの様な悲惨な事にはならなかったでしょうに。…国はどうして戦争をしたんでしょうかねえ」

「そうだな、過去の戦争を振り返って見ると、権力者達は自分の主義主張を正当化して強行している。いつの時代も同じだ。人間の本質は変わらないと言うから、戦争の残酷な体験をした人達がいなくなり世代が変われば、又同じ様な争いをおこすかも知れないね」

「そうですね。世界が平和になると言う事は、難しい事なんですね」

「そうだね」

眉をくもらせてうなずく夫を見ていた洋子は、突如新たな疑問を感じて尋ねた。

「ここではあなた一人でしょう。大丈夫なんですか一人で?」

「そうだね。少なくともあと一名は必要だと思っているが、今の救療部には産婦人科医が不足しているんだ。いずれにしろこの保養所は早急に始める必要があるからね。ここの施設も手術室等急いで改造したよ。二つある風呂場の一つを少し改造したけど、風呂場だったから良かった。床と壁の下半分はタイルなので、水を流す事が出来る。それと分娩室もつくった。

手術に欠かせない照明は、私が指導して取り付けて貰ったから準備は何とか終った。看護婦さんも、元京城日赤病院の人達が来てくれている。助産婦の資格を持っている人は現在一名だが、あと一名来る事になっているよ」

うなずいて聞いていた洋子は、内心、戦地から戻って間もない夫に、母体の生命にも関わる完全な堕胎手術が出来るのだろうか？　と言う不安を感じたが、そこ迄は夫に聞けなかった。

高木は話を続けた。

「女性達は心身共に疲労している上に栄養失調だから、個人差はあるが手術するには一週間程様子を見る事になるだろう。体力が回復しないと細菌や出血に負けて、命を落としかねない。今日来た人達は、看護婦さんに新しい衣類を渡され温泉風呂に入り、今は夕食を終えて部屋でくつろぎ、やっと日本に帰って来たと言う思いをかみしめているだろう」

「皆さんほっとされているでしょうけど、これから大変な手術があるんですね」

「そうだよ。女性達の頭の中と体には未だ悪魔の爪跡が残っているから、私は一日も早く取り除いてあげたいと思っているよ。トラックが玄関の前に着き『患者さんが見えられましたよ』と職員の人が知らせると、数人が玄関に来て入ってくる女性達に『お帰りなさい』と口々に声をかけるが、女性達は一様に暗く沈み青ざめた顔で俯いており、その顔は垢《あか》とススで汚れ、『お部屋に案内します』と声をかけても答える事も無く、先導する看護婦さんの後から黙々と歩いていく姿は、正に悲惨と言う一言では言い表わせない程だよ。その様な姿を見ると、女性達が追い詰められ辛い思いをしている事が十分理解出来るよ」

「そうですね、本当にお気の毒です」

夫の説明を受けとめた洋子は、しっかりと理解し始めていた。

「でもここへ来られた人達は、どうやって保養所の事を知る事が出来るのですか？」

「うん、これも柳田さんの考えと行動でね。一般の人にはわかりにくいが、被害にあった人には直ぐに理解出来るような文言を書いて印刷した紙を、引揚げ船の船医に配って貰っているそうだ。それを見た人が博多埠頭《ふとう》で検疫を行っている医師に告げ、その人は保養所に送られてくる事になっているんだ。ただ、間も無く手術が始まるけど、女性達が麻酔薬を使わない手術に耐えられるか、それが心配だよ。麻酔薬は全く入ってこないからね」

眉をくもらせた夫の表情を見て、洋子はうなずくしかなかった。

三月三十一日、机の上の検診録の綴りの表紙を開けた時、射し込んで来た陽射しに気付いて立ち上がると、高木は窓辺へ歩み寄り外へ目をやった。八分咲きの桜の花が、明るい陽射しを浴びて白く輝いて見えた。空を見上げると、いくつか浮かんでいる雲の合い間に太陽が見えている。

女性達も桜の花を見ただろう、と思っていると「失礼します」と大田看護婦が姿を見せ「先生、皆さん朝食が終り部屋へ戻られています」と伝えた。

高木は掛時計へ目をやり「九時だね、こちらはいいよ」とうなずいた。

「はい、わかりました」大田看護婦が戻って行った後、「三月も今日で終りか…」とつぶやき、「これからは徐々に暖かくなり、女性達の気分も少しは晴れるだろう。しかし昨日迄の問診の様子を見ると、そうとばかりは言えないなあ……」と高木はわずかに眉を寄せた。

この数日間、問診した殆どの患者は、看護婦の後からおずおずと診察室に入ってくると青白い顔で俯いたまま立っている。丸椅子に腰を下ろす様に勧めた後、問診を始めると名前を言わない人や本籍地の県名のみしか答えない人等様々で、まして暴行の経緯の事に及ぶと涙ぐみ言葉にならなかった。

そうした問診が数人続いた後、高木は考え直し暴行の経緯を話す事が苦痛な人には無理に聞く事は改め、最後の生理日のみにとどめる事にした。無理に聞く事は、患者達に別の苦痛を与える事になる。そうあってはいけない。

現在の患者は十四名だが、今後増える事は間違い無い。中には貝の様に口を閉じ、全く言葉を発しない患者もいるかも知れない。この先、自分一人で大丈夫だろうか…堕胎手術の経験も無いが…そう言う一抹の不安が時々、高木の頭の中をかすめていった。

ドアがノックされ大田看護婦が患者を伴って入って来た。二十代前半らしき患者に、椅子を勧めて本籍地と名前を尋ねると、患者は県名と苗字のみを小さな声で答えた。

「本人の名は無理か、住いも…」と思い「現在妊娠しているのですか?」と聞き、患者の表情を見ると「はい」と消え入るような声を発して唇をかみしめた。

苦痛の表情である。

高木はゆっくりとうなずいて尋ねた。

「生理が止まったのはいつ頃ですか?」

「三ヶ月…程前です」患者は俯いたまま、か細い声で答えた。

「わかりました。あなたも博多港に着く迄辛い思いをした事でしょう。栄養が不十分で体が弱っていますから、体の回復を待って手術をします。個人差も有りますが大体一週間程すれば手術が出来ると思いますので、それ迄ゆっくりと温泉に入って静養して下さい」

そう言って問診票に記入した後、「他に何か聞いておきたい…」と言いながら患者へ目をやった高木は、言葉を止めた。

俯いている患者の肩が小刻みに動いているのがわかり、その様子をはかりかねて大田看護婦へ目を向けると、彼女も不審気な表情で患者を見ている。

その時、かすかに嗚咽が漏れてきた。

「どうされましたか？」高木は不審気に患者の顔をうかがった。

しかし、その問いには答えず嗚咽は続き、憂いに沈み哀しげな弱々しい泣き声は、静まり返った診察室を満たしていった。

高木は患者が落ち着くのを待った。

間もなく嗚咽が止み「すみませんでした」と詫びた患者はか細い声で話しだした。

「引揚げてくる途中、親切にしてくれた日本の人に騙されて防寒着を盗まれた所へ、別の人が近づいてきてお金を盗まれ、その後兵士に暴行されて、いつ死のうか、いつ死のうかと毎日悩んでいましたので、今先生に優しい言葉をかけて戴きまして、涙が出てまいりました。すみませんでした」

高木は激しく胸をうたれ、熱い血潮が体内を駆けまわっていった。

「それ程迄に思い詰めていたのか…」

高木は患者の憔悴した顔へ、思いやりの目を向けてうなずいて見せた。

「弱い立場の人からも、容赦なく騙して奪う人がいるんですね。辛かった事でしょう」

高木の言葉に、患者は俯いたままうなずく様に少し頭を下げた。

「ではお部屋に戻りましょう」

大田看護婦は優しく声をかけた。女性は俯いたまま、ゆっくりと立ち上がり診察室を出て行った。二人が去っていったドアへ目を向けたまま、高木は改めて思った。

「私の小さな不安等は、彼女達の事を思えば些細な事だ。弱気になっている場合では無い。女性達の苦しみは想像を越えている。死と背中合わせの状態で、辛うじて何とか生き続けていると言っても過言では無いだろう。今の私が成すべき事は、戦争の犠牲者である女性達を救う事なのだ」

その日は四名の問診が行われた。

温泉風呂で汚れを洗い流し、新しい衣服を着用して外見はさっぱりとした感じであったが、全員が一様に青い顔をして俯き言葉は少なく、故郷の住所と姓名の欄が埋ったのは一名のみであった。

救療部は暴行による妊娠を一般的な妊娠と区別して、不法妊娠と呼ぶ事に決めた。

哀しい手術

三月二十八日と三十日に入所した患者十四名の内、不法妊娠九名と性病の自覚症状を申し出た患者は五名で、それは検査で証明された。

二十八日以前に入所した三名と、二十八日に入所した五名の回復の様子を調べた結果、二名の堕胎手術を四月四日に行う事になった。

四月四日、高木は中島助産婦に藤田、寺尾の両看護婦と共に、風呂場を改造した手術室に入り準備を終えると、軽い緊張感の中、患者を待った。

中島助産婦は二名の看護婦とは別の緊張感を抱えていた。それは、この時代の助産婦資格者は、授業の中での知識はあったが、堕胎が刑法で禁じられていた為、堕胎手術に関わる実践が全く無かったからである。

数分後、ドアが開けられ木山看護婦に付き添われて、二十一才の患者が姿を見せた。隣の準備室で手術用の衣服に着替えて下着を脱ぐと、患者は寺尾看護婦にささえられて手術台に乗り仰向けになった。

「目隠しをしますが心配いりませんよ」と言葉をかけて、寺尾看護婦は帯状の白い布を患者の目にかぶせて軽く結ぶと、「では仰向きになって下さい」と手で背中をささえて手伝った。

「只今より堕胎手術を行います。よろしくお願いします」

手術開始を告げた後「麻酔薬が無いのですみませんが、辛抱して下さい」

高木は申し訳無い気持で患者に伝えた。

藤田看護婦が器具を載せている台の横に立ち、中島助産婦が穏やかな言葉で「足を広げますよ」とことわって患者の足首を握ってゆっくりと広げると、二十六才の寺尾看護婦は患者の上体のそばに寄り腰を低くし、妹を励ます様に手を握った。

手術が始まると女性の顔は苦痛に歪み、懸命に耐えようとして「うっ！」と小さな呻き声を発したが、体をよじったり暴れるような事は無く、寺尾看護婦は握っている手が強く握られるとそれに応じて握り返し患者の耳元に寄り、「頑張って下さいね、もう少しの辛抱ですよ。頑張って下さい」と小さな声で繰り返し励まし続けた。

患者が激しい痛みに耐えている時は寺尾看護婦の手も痛い程強く握られたが、寺尾看護婦はその痛みを共有する思いで受け止めた。

女性は妊娠三ヶ月過ぎ程だったので手術は一時間で終り、肉塊を膿盆に載せ壁際の台の上に置き、患者の目に入らない様に布を被《かぶ》せた。

「あなたは三ヶ月程でしたから軽くて済みましたが、五日程静養して下さい。しかし手術は痛かったでしょう。良く辛抱して下さった。おかげで手術は順調に終りました。感謝致します」

高木のねぎらいの言葉に、患者は目にうっすらと涙を浮かべて「有りがとうございます」と小さな声で礼を言った。

中島助産婦は、手術が無事終り患者の安堵した表情を見て「一つ一つが勉強なんだわ。患者さんの為に私も頑張るわ」と内心つぶやいた。

患者が戻って行った後、高木は「今の患者は三ヶ月程だったから早く終ったが、次の患者は六ヶ月程だから一昼夜かかるかも知れない。大変だと思うが皆さん頑張って下さい」と中島助産婦と藤田、寺尾両看護婦に思いを伝えた。

「はい、わかりました」

三人は表情を引き締めて答えた。

二人目の手術は午後一時より始まった。妊娠五ヶ月以上の場合は流産させる為、手術室と廊下をはさんだ向い側の分娩室が使用された。

ゴムの棒で陣痛をおこそうと試みたが反応は無く、漢方薬の陣痛促進剤を用いたが結果は変わらず、時は過ぎていき、夜に入ると高木は、助産婦と看護婦三人を交代で仮眠をとらせた。

この時期、天気の良い日中は最高気温が十八度を超すこともあるが、夜になると五度以下となり冬を思わせる程の寒さになる。しかし二日市保養所は、温泉の蒸気を使用したスチームが設置されているので、暖房は十分に機能しており、恵まれた施設であった。

しかし、流産させる手術は困難を極めた。

夜が深くなり保養所の灯りも消えていき、午前零時を過ぎると裏道を隔てた温泉街の灯りも消え始め、真夜中の静寂に包まれる頃、細長く伸びている建物の中央辺りから漏れ出ている灯りが、その周囲を照らして幽玄の風情をかもし出していたが、それとは反対に分娩室では苦闘が続いていた。

長かった夜が過ぎていき、東の空に太陽が昇った後も手術室での苦闘は続き、午後の時を告げる少し前にやっと終了する事が出来た。

高木達は疲れも忘れて笑顔でうなずき合い、初めての経験であった中島助産婦は六ヶ月の妊娠を流産させる手術が無事終った事に胸をなで下すと共に、この先自信を持って皆さんの役に立つ様に頑張ろうと思った。

四月五日、妊娠八ヶ月に近い患者の手術が行われる事になったが、八ヶ月に近いとなると堕胎と言うより出産とほぼ同じ事であった。

中島助産婦と寺尾看護婦、更に若い二十一才の町田看護婦の三人が、交代で経過を見続け、八時間程たった頃兆《きざ》しが見られ、高木達が見守る中やっと胎児が姿を見せた。胎児の僅かに細く生えている髪の毛はかすかに赤味をおびており、動く事は無かったので死んでいると思われ、母親に見られない様にする為、膿盆に載せ白い布をかぶせて、町田看護婦は向い側の手術室に持って行き、窓際の台の上に置いた。

赤子を用務員室に届ける町田看護婦を残して高木と中島助産婦、寺尾看護婦は食堂に向い、町田看護婦は手術準備室に行き、赤子を入れるふたのついたバケツを手にして手術室に一歩足を踏み入れた時、一瞬「ドキッ！」として動きを止め、目を見開いた。

どこかでかすかに子猫が鳴くような感じがしたと思い、耳を澄《す》ませたが部屋の中はシーンとしており「気のせいかしら…」と首をひねった時、か細い奇妙な声が聞こえてきた。

「もしかしたら…」と思ったその瞬間、背筋がスゥーッと冷える感じがして、町田看護婦は息を止め目を見開き壁際の膿盆へ目を向けた。かすかな声は膿盆にかぶせている布の内側から聞こえているとわかり、息をのんで見ている内に恐怖が体全体を包み込み「生きている！」と思った時、〝ぶるっ！〟と身震いがして、ぎこちない足取りで廊下に出ると、慌てて食堂に向った。

「先生！　赤子が未だ生きています。赤子が！」

戸を開け、いきなり怯えた声で伝えると高木は「えっ！」と驚いたが、直ぐに事態を察し急いで手術室に行き、苦痛の表情になり「すまない」と詫び、赤子の顔に広げた右手をかぶせた。

後に続いてきた中島助産婦と寺尾、町田の両看護婦は真剣な表情をして見守っていたが、赤子の泣き声が止み二十数秒後、「ふー」と息を吐き「済んだよ」と言って高木は赤子に両手を合わせた。

三人も同じ様に両手を合わせた

「では私は用務員室に行って来ます」

町田看護婦は赤子を新聞紙をしいたバケツに移し、ふたをすると用務員室へ向った。用務員室へ行くと五十代の志田用務員と田中用務員がおり、もう一人の用務員は席を外していたが埋葬は二人いれば良いので「二人おられますね」と言って、バケツを所定の台の上におき両手を合わせた後、「ではお願い致します」と頭を下げ、町田看護婦は用務員室を出た。

「それじゃ行こうか田中さん」と言って志田用務員は立ち上がり、うなずいた田中用務員と共にバケツに両手を合わせた後、バケツを手に持ち外に出ると数メートル離れている桜の木に向って歩いて行った。

鍬《くわ》とスコップを手に田中用務員が後から続き、桜の木の二メートル程横に穴を掘り、その中に新聞紙でくるむ様にして赤子を置くと、二人揃って両手を合わせた。

土をかぶせた後「むごかですなあ、ばってんどうする事も出来ん」田中用務員がつぶやく様に言った。

それに答えて「そうたい、火葬場で引きとって貰えたら良かばってん。こげな事がいつ迄続くとかねえ」と言って、溜息をつき志田用務員は続けて言った。

「こげな大変な時に堕胎罪なんか何の意味も無か。東京のお偉方は何ば考えとるのか。火葬場の方も牢屋《ろうや》に入りたく無かろうけん仕方無いな。戦争反対と言っただけで憲兵に捕まっていたからなあ…」

「そうだよなあ」二人は溜息をついて用務員室へ戻って行った。

町田看護婦が食堂へ行くと「ご苦労さん」と労った後、高木は改まった様子で「本当に辛い仕事だと思っている。君達には感謝しているよ」と三人に頭を下げた。

「いいえ、先生」

中島助産婦は首を振った。

「先生が頑張っておられるので私達も頑張れます。それに思いつめた暗い表情から、明るい表情に変わった患者さんを見る時、良かったわ、と思うんです。手術の痛さを懸命に耐えている患者さんを見る事は、同じ女性としても辛い事ですけど、引揚げの途中でひどい目にあい死ぬ事ばかり考えていた女性達が笑顔になり、お礼を言われた時はじーんとします」

「私もそうです」と寺尾看護婦もうなずき、

町田看護婦が続けて言った。

「私もそうです。患者さんの手術後の明るい表情が救いになっています。あの嬉しそうな顔が見られなかったら、私は辛くてこの仕事を続ける事が出来ないかも知れません。戦争の為、地獄のような目にあい、日本に帰ってからも辛い思いをする事になるのは、余りにお気の毒です。私も同じ女性としてとても辛いです。戦争になると、戦場とは別にいつも犠牲になるのは女性や子供達ですね、先生」

町田看護婦の若い表情が高木に向けられ、澄んだ瞳が問いかけた。

「そうだね…」高木はゆっくりとうなずき、口を開いた。

「その通りだよ。長い人類の歴史の中で、権力者達は自分達の主義主張を実現する為

郵便はがき

料金受取人払郵便

新宿局承認

1408

差出有効期間
2021年6月
30日まで
（切手不要）

1 6 0-8 7 9 1

1 4 1

東京都新宿区新宿1－10－1

(株)文芸社

愛読者カード係 行

お名前《ふりがな》		明治 大正 昭和 平成	年生 歳
ご住所《ふりがな》	□□□-□□□□		性別 男・女
お電話番号	（書籍ご注文の際に必要です）	ご職業	
E-mail			
ご購読雑誌（複数可）		ご購読新聞	新聞

最近読んでおもしろかった本や今後、とりあげてほしいテーマをお教えください。

ご自分の研究成果や経験、お考え等を出版してみたいというお気持ちはありますか。

ある　ない　内容・テーマ（　　　　）

現在完成した作品をお持ちですか。

ある　ない　ジャンル・原稿量（　　　　）

書　名				
お買上 書　店	都道 府県	市区 郡	書店名	書店
			ご購入日	年　　月　　日

本書をどこでお知りになりましたか?

1.書店店頭　2.知人にすすめられて　3.インターネット(サイト名　　　)

4.DMハガキ　5.広告、記事を見て(新聞、雑誌名　　　)

上の質問に関連して、ご購入の決め手となったのは?

1.タイトル　2.著者　3.内容　4.カバーデザイン　5.帯

その他ご自由にお書きください。

(　　　)

本書についてのご意見、ご感想をお聞かせください。

①内容について

②カバー、タイトル、帯について

弊社Webサイトからもご意見、ご感想をお寄せいただけます。

ご協力ありがとうございました。

※お寄せいただいたご意見、ご感想は新聞広告等で匿名にて使わせていただくことがあります。

※お客様の個人情報は、小社からの連絡のみに使用します。社外に提供することは一切ありません。

に一方的な理由で正統化して侵略してきた。昔、豊臣秀吉が明を侵略しようとして、まず朝鮮に兵を出したんだ。秀吉は百姓出身だから弱者の立場がわかっていると思われがちだが、実際に権力を握ってしまうと、自分の思う通りにしたいと言う欲望が強くなるんだろう。権力を握ると、次にそれを失う事を恐れて批判する人々を弾圧する。結局、弱い立場にいた者も権力を手にすると欲が出てくるんだろう。

時代の権力者が去っても、又、別の権力者が現われてくる。いつの時代にも権力欲の強い人間が必ず現われる。人間は誰でも欲望を持っているけれど、その欲が強過ぎる人間が存在する。そうなるとこれから先も、世界のどこかで争いは続くだろうね」

「これから先も戦争はおこりますか？　先生」

寺尾看護婦は不安気な表情を見せて高木を見た。

「うむ、何とも言えないね、こればかりは」

「それでは先生、日本はどうなんですか？　日本は又戦争をしますか？」

「わからないよ。しかし戦争は絶対にやめて貰いたいね。第一次大戦に比べたら、今度の戦争は兵器の殺傷力が格段に進んでいたから、この先更に恐ろしい兵器がつくられるのは間違い無い。この戦争では原子爆弾が使われ、広島と長崎の街が一瞬にして破壊され多くの人が死んだ。恐ろしい事だよ」そう言って高木は腰を上げた。

「話はこれ位にして、今日はこれで終りにしよう。私は診察室に戻るから、君達は詰所に戻りなさい。これからもよろしく頼みます」

「こちらこそお願いします」

三人は立ち上がって頭を下げた。

四月六日、京城の大学附属病院で婦長をしていた柿本看護婦が二日市保養所の婦長として加わり、更に大陸、博多間の船内で勤務していた二十七才の竹下助産婦と三十才の高田看護婦の二人が転勤してきた。

四月九日、夜九時過ぎ頃、高木が風呂をすませてくつろいでいると、聖福病院に勤務し高木と同じ二日市保養所の敷地内の職員宿舎に妻子と共に住んでいる柳田が訪ねてきた。

「どうも夜分に申し訳有りません。今帰って来た所なので…」と恐縮して玄関に立った柳田は、上がる様に勧める洋子に「いえ、もう遅いので直ぐに失礼しますから」と固辞した。柳田は救療部の田上と同じ三十才を過ぎたばかりの壮年で、穏やかな表情だがきびきびとした行動派だった。

高木が玄関に姿を見せ「遅く迄大変ですね」とねぎらうと、「いえ、未だ未だ大丈夫ですよ」と笑顔を返した。

「高木先生には辛い仕事を引き受けて戴き、感謝しております。早速ですが、今日伺ったのは少しでも早くお知らせしようと思いまして…」

「はあ…」

「実は今月の十六日に、高松宮様が二日市保養所の視察にお見えになる事が決まったのです。実は、博多港の視察をされる事になり、その時に聖福病院にも来られる事になったそうですが、二日市保養所の事をお耳にされ予定に加えられたそうです」

「高松宮様が！」

高木は驚き、柳田の顔を見た。

「そうです。高松宮様は日本赤十字社と恩賜《おんし》財団同胞援護会の総裁をされておられますから」

「そうですか。それでは二日市保養所の実状をお知らせ出来ますね」

「そうです。我々も現在の窮状をお伝えするつもりです。必ず御理解戴ける様、努力を尽しますよ。高木先生も現状をそのまま説明されて下さい。明日、織田院長から連絡が有ると思いますのでよろしくお願いします」

柳田は笑顔を見せ、同じ敷地内の宿舎に帰って行った。

「そうか…高松宮様が…」

柳田が去った後、高木は玄関に立ったまま、空間へ視線を向けてつぶやいた。

高松宮様の視察が、現状にどの様に影響を及ぼすのか予想がつかず、出来るだけ良い結果になって欲しいと言う思いが強く湧いてきた。

翌日午前九時、聖福病院の織田院長から高松宮様の視察が正式に伝えられた。

早速全体朝礼を行いその旨を全員に伝えると、平常は皇族の人々は遠い存在と言う意識があり、全員が驚くと共に緊張感に包まれたようであった。

高木は思案し、病室への視察に関しては一般の病気と違い患者さんは動揺するであろうと推測し、視察は病室以外の場所にして戴きたい旨を織田院長にお願いし了承を得た後、患者さんから視察の事で尋ねられた時は「病室は視察されない」と答える様に看護婦と他の職員達に指示をした。

聖福病院勤務中は博多埠頭にも度々応援に行き、病人らしき人に声をかけ診察を勧めたり、トラックに同乗して聖福病院に患者を送り届けたり、引揚げ船に乗り込み病人の看護等の多忙な勤務から、建物内での勤務となる二日市保養所へ転勤してきた高田看護婦は、当初は戸惑ったものの勤務に馴れてきた四月十一日の夕方、玄関前の事務室に用が有りドアのそばに近づき把手に手を当てた時、木山看護婦が外から玄関内に入ってくると「患者さんが来られましたー」と事務室横の会議室に向って呼びかけた。

会議室のドアが直ぐに開き、中に待機していた三人の看護婦が玄関の上がり口に立った。高田看護婦がドアを少し開けかけて玄関に目を向けると、汚れて破れかかった衣服に身を包み坊主頭の女性が、俯き憔悴しきった様子で玄関に姿を見せた。

一人二人と玄関に入り、三人目の女性に目がとまった。今迄入所してきた女性達との年の差に驚いたのである。ススで顔は汚れているものの、一目見てその女性は少女である事がわかった。

「少女が被害者に…」と余りの痛ましさに衝撃を受けた直後、少女の後から俯きかげんで姿を見せた女性に「どこかで…」と思った時、「はっ！」として息を飲んだ。

途端に高田看護婦の胸は激しい鼓動を打ち始めた。その女性に見覚えが有り、高田看護婦は思わず視線を足元に向けた。

俯きかげんで顔を上げる事無く、木山看護婦に伴われて病室へと向って行った女性は、十二年前の女学校時代の同級生だった。

事務室に入りかけた高田看護婦の脳裡に、若き日の記憶が一瞬にして甦って来た。

隣のクラスで、明るく優しい彼女は誰からも好まれていた事を、高田看護婦は知っていた。

「あの人が…何とお気の毒な…」

その時「高田さん、こっちですよ」奥の机の方から声をかけられ、高田看護婦は我に返った。

事務室で用を終えて、看護婦詰所に向って足を運びながら「彼女が同級生だった自分に気が付いた時、どの様な挨拶をしたら良いかしら…普通の挨拶で良いのか？　でもそれでは余りによそよそ過ぎはしないかしら…」と思案したが、直ぐに良案は浮かばず、「いずれにしろ彼女が傷つかない様に言葉をかけなければいけない」と高田看護婦は思った。

一人ぼっちの少女

「ここは静かで良い所だわ。ここだと患者さんの心も安まるわ。疲労回復に効能がある武蔵温泉もあるし…」

二日市保養所に来て六日目のお昼過ぎ、柿本婦長は改めてガラスごしに広い庭を眺めながら思った。

「今は表面上は平和とも言えるわ。引揚げてくる時は本当に地獄のようだったから。

空地に積まれた死体、赤痢やチフスにかかって、次々と周りの人が死んでいった。前の日に会話した人が、翌朝は死体となっている事も度々あった。引揚げの途中に聞いた平壌療養所の出来事は恐ろしい限りだ。ソ連軍に接収された病院では、患者は一人残らず病棟から追い出され『病人を追い出すのはやめてくれ』と抗議した朝鮮人の医師は射殺されたと言う。何と言うひどい事だろう。権力者達が始めた争いが国家間の戦争となり、その国の命令となり、国民は兵士として集められ見ず知らずの外国人達と殺し合う。殺す人々も家族がいて、殺される人にも大切な家族がいる。戦争は地獄だわ」

その時「柿本婦長」と呼ぶ声に振り向くと西川看護婦が近寄って来た。

「どうしたの?」と問いかけると「あのー、一寸相談があります」

「相談って?」と穏やかな目を向けると西川看護婦は少し眉をくもらせて言った。

「とても可哀そうで私は泣けてきそうなんです」

「えっ?　泣けてきそうって?」

「はい、十一日に入所した宮本と言う名の患者さんですが、十五才で未だ子供なんです。私が担当しているんですが、いつも泣いているんです。とても可哀そうで、十五才ですから。私、思ったんです。十五才の患者さんは年配の人と言うか、母親位の人の方が安心するのでは無いかと思うんです。ですから私、婦長さんに相談してみようと思いまして…」

「そうねえ。私は四十才だからお母さんと呼ばれてもおかしくないわ。十五才だもの、母親が必要ね。いいわよ、私が担当になりますよ」

うなずいて見せた柿本婦長に、西川看護婦は「ほっとしました」と笑顔を見せ、「有りがとうございます」と頭を下げて戻って行った。

少女は十五才と言う多感な年齢なので、優しい対応をしてくれる同室者が必要だとして、後で合性の良い人と同室させる事にして初めは空室に一人入っていた。

夕方、柿本婦長は早速少女の病室に検温に行った。

ドアをノックして「入りますよ」と声をかけてドアを開けると、少女は窓辺に立ち外を眺めていた。

「宮本さん、検温ですよ、気分はどうですか?」と話しかけて近寄って行くと、少女は目の辺りに右手を当てて動かした後、俯いたまま柿本婦長に顔を向け弱々しく頭を下げた。

「大丈夫?」と顔を覗き込む様にして尋ねると、少女は泣くまいと顔を歪めたまま柿本婦長に目を向けたが、直ぐに固く目を閉じた。

その目から涙がこぼれ落ちたのを見た柿本婦長は、「座って熱を測りましょうね」と優しく言って体温計を渡した。

少女はうなずいて座ると、体温計を脇の下にはさんだ。

「宮本さん、今日から宮本さんの担当になった柿本です。用事があったら何でも私に言ってね。私をお母さんと思って辛い事等も話して良いのよ」

柿本婦長の優しい言葉に母親を想い出したのか、少女はしくしくと泣き出した。

「辛かったわね。とても辛かったでしょうね、可哀そうに…」

少女は俯いたまま泣きじゃくっている。

少女のやせ細った腕や足を見ながら、どうすれば溌剌《はつらつ》として無邪気であったであろう元の少女に戻るのだろうか、と柿本婦長は胸が痛んだ。

言葉を発しない少女をふびんに思うあまり、体温計の事を忘れていた柿本婦長は「ごめんなさい。もう体温計ははずしても良いわよ」と言うと、少女は体温計を取り出して柿本婦長に渡した。

「良かった六度八分ね、じゃあ又来ますからね。用事があったらいつでも言ってね」と口元を和らげて言うと、少女は涙を指で拭きながらうなずいた。

それを見た柿本婦長は「良かった。良かった。少しずつでも応えてくれれば良いんだわ」と内心思った。

翌朝、柿本婦長は食堂へ向った。

食堂へ行くと八人の患者が食事をしていた。少女は窓際の席で一人箸を動かしていたが、頭が少し上下に動いている様に見えた。良く見ると泣きながら食事をしているのだろう、泣きじゃくっている様に思えた。

栄養不良の体に食事は重要な治療法の一つである。辛い事が甦って食事がのどを通らなくなってはいけない。今話しかけるのは止そう、と思い柿本婦長は看護婦詰所に戻った。

十時過ぎ、少女の病室のドアの前に立ちノックをしようとした時、室内からかすかに声が聞こえてきた。

「おや？」と思って耳をすますと少女のすすり泣く声と共に「お母さん…」と悲しみに満ちた声が繰り返し聞こえてきた。

瞬間、胸がつまり柿本婦長の目に涙がこみ上げてきた。

「少女には母親のような人が必要だと思います」と言っていた西川看護婦の言葉が甦ってきた。

「少女には確かに母親が必要なんだわ」

柿本婦長は呼吸を整えるとゆっくりとノックをした。

「はい…」とかすかな声を耳にした柿本婦長は、うなずいてドアを開けると「お早ようございます」とゆっくりした口調で挨拶をして話しかけた。

「検温ですよ、昨日は良く眠れましたか？」

「はい…いえ…夢を見ました」

「あら夢を見たの、どんな夢を見たのか良かったら聞きたいわ」

それには答えず少女は数秒間沈黙していた。柿本婦長はうなずき「いいのよ、辛い事は話さなくても。じゃあ体温計ね」と言って渡すと、少女は体温計を脇の下にはさみ沈黙を続けた。

二分程たち「体温計はもういいわよ」と言った柿本婦長に体温計を手渡し、「あのー…」と少しためらった後「夢の中にお母さんが出てきました」と言った。

「まあそうなの。良かったわね」

柿本婦長は笑顔を見せた。

「お母さん、私が泣いていたら泣いてばかりいないで元気を出しなさいと言ってくれました。私が元気でいないとお母さんは悲しいわとも言いました。でも…でも私はとても悲しいんです。だって一人ぼっちで…」

少女の目に涙があふれた。

「そうなの、お母さんはあなたの事が心配なのね。お母さんの為にもあなたが元気になる様に頑張りましょうね。私も手伝うわよ」

少女はしゃくりあげながらゆっくりとうなずき、決心した様に話し始めた。

「お母さん、死ぬ時泣いていました」

「そうなの、…お気の毒に、お母さんはとても辛かったのよね。お父さんはいなかったの?」

悲しい記憶が甦ってきた少女は、泣きべそになるのをこらえようと口元と瞼を固くしめて俯いたが、数秒後に顔を上げて話を続けた。

「父は戦争に行っていませんでした。残っていた私と母は〝ソ連兵がやってくるそうだ。何をされるかわからない、殺されるかも知れないから我々は日本に引揚げる。今から直ぐに出発する〟と言う近所の人達について行く事になりました。昼間は見つからない様に林の中に隠れ、夜の暗い時だけ港に向って歩き続けました。途中、食べる物も少なくお母さんは自分の分も私に食べなさいと言うので、それはお母さんの分だから厭だと言うと、あなたは育ち盛りの年だから沢山食べないと駄目なの、言う事を聞きなさいと叱られました。

一ヶ月程過ぎた頃、お母さんは歩くのが難しくなり責任者の人に栄養失調だからここで暫く休んだ方が良いと言われ、私とお母さんは集会所のような所に残る事になり他の人達は先に行き、翌日には別の引揚げ者の人達がやって来ました。それから二週間程してお母さんは死に、私は別の集まりの人達の世話になり、お母さんは死んだ他の人達と一緒に埋められました。引揚げ船の中には遺骨を入れた箱を持っている子供がいましたが、私にはお母さんの遺骨は有りません」

柿本婦長の脳裡に、遺骨を入れた箱を紐で首から下げていた子供の姿が浮かんできた。

「お母さんは死ぬ前に言いました。『私が死んだら、あなたは日本に引揚げていく知らない大人の人達の世話になるのよ。大人の人達も死ぬか生きるかの厳しい状態で、気も立っているから、あなたはよその子としてあつかわれるのよ』『あなたを守ってあげる事が出来ずにごめんね』と言ってお母さんは泣いていました。暫くして泣くのをやめ私をきっ！とした強い目で見ると『今からお母さんが言う事をしっかり聞くのよ。お母さんは死ぬかも知れないから、これから言う事を必ず守るのよいいわね！』と言いました。私はとても悲しくなってわんわん泣いていると『泣いていないでちゃんと聞きなさい！　お母さんの言う通りにしないと、お母さんが死んだあと一人置いてきぼりになるかも知れないのよ。お母さんの最後のお願いだから言う事を聞きなさい！』と叱られ、私が泣きながらうなずくと、『しっかり聞くのよ。一つ目はおとなしくして目立つ事をしない事。二つ目は自分の考えを言い張らない事。三つ目は言われた事に対して口答えをしない事。いいわね。この三つの事を忘れないで絶対に守るのよ！　そうしないと恐い所に一人置いてきぼりになって、死ぬ事になるかも知れないからね』お母さんはきつそうな顔をして繰り返して言った後、『お母さんは死んでも、空の向うからあなたの事を忘れないで心配しているわよ』と言って涙を流して私を見ました」

そこ迄話した時、耐えきれなくなった少女は、声を出して激しく泣き出した。

柿本婦長は少女の背中をさすりながら「辛かったわね、本当に可哀そうに、思いきり泣いていいのよ。私がお母さんの代わりになってあげますよ」と優しく声をかけた。

少女の母親は自分の食べる分を娘に食べさせ、娘だけでも日本に帰らせたいと決意したのだろう。余りにも…余りにも哀しい母親の一生…。

戦争さえ無ければ、戦争さえ……。

柿本婦長の目に涙がにじみ出てきた。

高松宮様と二日市保養所

四月十六日午前十時過ぎ、黒塗りの乗用車が三台、レンガ造りの門からゆっくりと入ってくると高木や事務長、更に制服に身を包んだ看護婦達が整列している玄関の前に止まった。

先頭の車から柳田が素早く降りると、玄関の前に出迎えている高木に挨拶して中へ入って行った。

二台目の車の助手席からお付きの男性が降りて後部ドアを開けると、高松宮様と織田院長が降り、高松宮様が一斉に敬礼した看護婦達に軽く会釈された後、織田院長は高松宮様に高木を紹介した。「お待ち申しておりました」

高木が深く頭を下げると「ご苦労さまです」と高松宮様はうなずかれ、「では中の方へ」と言って高木は高松宮様を建物の中へ案内していった。高松宮様は会議室で五分程休まれ、その後高木は緊張感をおさえながら高松宮様と織田院長を先導して風呂場、食堂、無人の病室を案内し、手術室では風呂場の一つを改造して照明器具を取り付けた事を説明し、手術用の器具が十分揃っていない事や薬品と衛生用品が不足している事、麻酔薬無しで手術をしており患者は妊娠三ヶ月から八ヶ月と幅広く、月が長くなると難しく一昼夜以上かかる事も有ります、と丁寧に説明した後、最後に庭に案内し、胎児の埋葬等の説明が終る迄一つ一つうなずかれて聞いておられた高松宮様は、戦争犠牲者を救いたいと言う高木達の活動に大変感銘を受けられた様子で「ご苦労が多く皆さんも大変ですね。これからも頼みますよ」とねぎらいの言葉をかけられた。

「はい、精いっぱい務めさせて戴きます」

高木は高松宮様のねぎらいと励ましの言葉を聞き、安堵感が体全体に広がっていくのが自分でもわかる程感激し、深く頭を下げた。

玄関の広いひさしの下で、高松宮様と織田院長が立ち話をされている様子を、見送りの位置で見るともなしに見ていた高木のそばに、柳田が近寄って来た。

「良かったですね。これで二日市保養所は公認されたと言う事ですよ」

「これで私も安心しました」

「辛い仕事の上に堕胎罪の不安の中、大変でしたでしょう。今迄ご心配をおかけしてすみませんでした」

柳田は感謝の気持を込めて頭を下げた。

その時「殿下がお車に戻られます」とお付きの男性の声が響いた。「では失礼します」と言い柳田は先頭の車に急いで乗り込んだ。

高松宮様が車に乗り込まれると、高木と職員達に見送られて三台の車は、レンガ造りの門の近くに植えられ、花びらが散り若葉が色鮮やかにつき始めた桜の木の横を、ゆっくりと進みレンガ塀の外へと去って行った。

高木は勤務を終えると、心配し続けている妻に一刻も早く知らせたいと気が急《せ》く思いで、足早に帰宅した。

同じ敷地内なので、結果だけでも早く知らせる為職員に伝えて貰う事も出来たが、朗報を伝えた後に妻の喜ぶ顔を目の前にしてゆっくりと喜びを分かち合いたいと言う思いがあった。玄関に出迎えた妻に「もう安心だよ。高松宮様からねぎらいと励ましの言葉を戴いたよ。これは公認と言う事だよ」と笑顔を向けると、「えっ！　良かったー本当に本当に良かった！　良かったわ」と洋子は満面に喜びの感情を浮かべて、涙で頬をぬらした。

「良かった。本当に良かったなあ、洋子は心配で心配でたまらなかったのだろう」

と、高木は妻の涙を見て心から思った。

二日市保養所の関係者達は、不安を抱えながら困難な局面に立ち向っていたのだが、厚生省は二十年八月末、引揚げ港所在地の大学病院に緊急の召集令を出して、秘密裏に命令を下していた。

その密命は次の様に通達され、各大学病院で実施される事になった。

「朝鮮や満州等の在留邦人は二五〇万から三〇〇万と推定され、引揚げの際ソ連兵や現地の住民に暴行され性病に罹患したり妊娠させられた女性が、可成りの数に達すると想定される。又、異民族の血に汚された赤子の出産のみならず家庭の崩壊を考えると、これら女性達の入国に際してはこれを厳しく調べ、水際に於いてくい止める必要がある。引揚げ女性については、老若を問わず罹患した者を隔離し極秘裏に中絶及び治療すべし」

九州大学に於いては医局会議が開かれ〝問題点は有るものの厚生省からの命令であるから従わざるを得ない〟との結論に達した。

その結果九州大学では福岡県古賀町《こがまち》にある国立福岡療養所と、佐賀県三養基《みやき》郡中原町にある国立佐賀療養所を、手術の場所として使用する事になった。

これらの堕胎手術は二日市保養所と同じ時期に実行されたが、厚生省は法律に違反する命令を公《おおやけ》にする事は出来ず、カルテは破棄する様に指示をした為、公式記録は闇に葬られる事となった。

二日市保養所では高松宮様が視察に来られる迄は毎日不安を抱きながらの業務であ

ったが、厚生省の密命を受けた大学病院では当初より「人工中絶をしても罰せられる事は無い。厚生省の指示なので心配しなくて良い」と医局長より伝えられていたので医師達は何の不安も無く交代制で業務を遂行する事が出来た上に、設備や器具類も揃っており、胎児は注射等厚生省が定めた方法に従って処置されていた。

それに比べ、十分整っていない医療施設に不足している器具類、その上医薬品や衛生用品も支障をきたしている中での手術、更には堕胎罪、医師免許剥奪と言う致命的な不安と向き合いながら、辛い業務を使命感をもって懸命に果し続けた二日市保養所の人々の行動は、敬服に価されるべき事であった。

四月十七日、救療部の田上庶務課長より電話があった。

「実は博多港で自己申告をする女性が少ないのです。これは不自然だと言う事で、今回新聞を利用して呼びかける事になりました。引揚げて来た時、自覚症状が無かった為か、有っても迷いながらもそのまま故郷に帰ってしまったが不安で苦しんでいると言うそれぞれの事情が有るのではないかと思われます。

その人達は新聞の広告文を見る事によって決心がつき、二日市保養所にやって来る事も考えられます。広告文は柳田課長が引受けてくれました。それと引揚げ船の船内で配っていた印刷物は、中止する事になりました。

今度、博多港の北方角の松林に引揚げ者を一時収容する松原寮が出来ましたので、その中に婦人相談所が設けられる事になりましたから」

聞き終えると「新聞ですか、それは名案ですね」と高木は感心して言った。

「私も患者はもっと多いのではないかと思ってました。故郷に帰ってから悩んでいる人はいるでしょうね」

「そうだと思いますよ　これから大変でしょうけどよろしくお願いします」

「わかりました。それでは」

受話器を置いた後「良く色々な事を考えるなあ、柳田さん達は」と常に活動し続ける姿勢に高木は感心するばかりだった。

同級生への思い

四月十七日十時、高田看護婦は夜勤になっている木山看護婦に代って元同級生だった女性の病室に行く事になった。

「何と言って声をかけようかしら…」

意識しないで普通にと思っているものの、胸の鼓動は速くなっているのがわかる。

名前は名字のみで下の名は記入して無く、住所の欄も空白となっていた。

女性の事は誰にも話していないので、今日迄一人で迷い続けていたが、結局納得出来る考えは浮かんでこなかった。

病室の前に立ち、深く息を吸い込みぎこちなくゆっくりと吐き、ノックをして「検温です」と声をかけ、戸を開けて室内に入った。

部屋は六畳で現在女性一人であった。

窓際に立ち外を眺めていた女性は振り向いて、軽く頭を下げたが顔を上げて高田看護婦を数秒間見た後、「はっ！」として直ぐに視線を下に向けた。

「検温に来ました」

高田看護婦は表情を和らげて歩み寄ると、女性に体温計を差し出した。

女性は俯いたまま体温計を受けとったが、身動きせず苦痛の表情を浮かべて立っている。「楽な姿勢で計って下さいね」と言って、高田看護婦は女性に付き添う様に肩に手を軽くかけ「座られた方が良いですよ」と勧めた。女性は俯いたまま、気力無く畳に座った。

「それでは後で又参ります」

高田看護婦が向きを変えた時、「あのー…」と女性はためらいがちに声をかけた。

「はい」と言って振り向くと、女性はか細い声で「すみません。お世話になります」と俯いたままで言った。

高田看護婦は一瞬胸を打たれ「ご苦労されて辛かったでしょうね」といたわり、腰をかがめひざをついた。

その時、女性の上体が揺れてすすり泣く声が聞こえてきた。

その様子は、今迄拭い去る事が出来ない苦痛の思いを懸命に耐えていたが、その思いを少しでも吐き出そうとしているかのようであった。

高田看護婦は高ぶってくる感情を抑えながら、「辛かったでしょうね。思いきり泣いて良いんですよ。私が受けとめますよ」と言って女性のそばに寄り、背中をさすった。

突き上がってくる激情を抑える事が出来ず、暫くの間すすり泣いていた女性は次第に落ち着きを取り戻すと高田看護婦に軽く頭を下げて、取り乱したと思ったのか恥じらう様な表情を浮かべて体温計を脇の下にはさんだ。

高田看護婦は穏やかな口調で話しかけた。

「何も話されなくて良いんですよ。辛くて想い出したく無い事は、誰にも話さなくて良いんです。それはこれから先もですよ」

女性は顔を上げゆっくりとうなずいて見せた。

四月十八日、高田看護婦の同級生だった女性の手術が行われ、妊娠四ヶ月の手術は二時間十分程で無事終了した。

女性は六日間静養した後、二十四日に退所する事が決まり、その日の午後一時過ぎ、看護婦詰所で感謝の挨拶を済ませて玄関へ行き外に出ると、レンガ造りの門へ向ってゆっくりと歩きだした。その直後に、詰所を不在にしていた高田看護婦が玄関に駆けつけてきた。

高田看護婦は職員用の下駄を急いではき外に出ると、門に向って歩いて行く女性に声をかけて走りよった。

立ち止まり振り返った女性は、深々と頭を下げ「お世話になり有りがとうございました。あなたにはとても感謝しています。このまま帰ろうと思って…すみません。あなたに良い事が有る様にと願ってます」と申し訳無さそうな表情を浮かべたが、保養所に来た時の青く暗かった表情から明るい表情に変わった女性は、口元を和ませて高田看護婦へ目を向けた。

「いいえ」と高田看護婦は首を振って言った。

「しあわせにならなくてはいけないのは、私では無くあなたですよ。祈ってます、あなたのしあわせを。お体を大事にして下さいね」

女性は声をうるませて「有りがとうございます。それではさようなら」と頭を下げて向きを変えると、しっかりとした足取りでレンガ造りの門へ向って歩いて行った。

午後の明るい陽射しを浴びて遠去かって行く後ろ姿を見送りながら、「あの人は何処へ帰って行くのかしら…私は高等女学校一年の時に父の転勤で京城に移ったけど、あの人と親しく話した事は無く、あの人の出身地はどこなのか知らないけれど…どうぞしあわせになられます様に」と高田看護婦は祈った。

一人ぼっちの出発

高田看護婦の元同級生であった女性と同じ日に入所した、十五才の少女の手術は一日ずれた日となったのだが、退所する日は四月二十四日となり、奇《く》しくも入所日と退所日が同じ日となった。

少女の入所当時の栄養状態は不良であり、かつ悲しみに打ちひしがれ、生きようとする気力が弱かった為、回復力が幾分鈍ったものの、六日間の静養をへて手術に耐える事が出来る体になった少女の手術が、四月十九日に行われ、妊娠三ヶ月半程の手術は二時間程で終った。

手術終了後、柿本婦長が病室に行くと少女は少し落ち着いた表情をしていて「有りがとうございました」と沈んだ声を出したので、今日は静かに休んだ方が良いわと内心思い「今日は静かにゆっくりと眠る事が大事よ」と話し、検温のみにして「又明日お話ししましょうね」と言って話しかける事を控えた。

泣きべそはかいていなかったものの、少女らしい多少無邪気さが残る明るさが戻るのはいつ頃になるのかしら…と柿本婦長は若干心配していたのだったが、翌朝検温に行くと、今迄泣きべそをかいていた顔とうって変わって平常の表情になっていた。「良かったわね、気分はどうですか？」と話しかけると、少女は笑みを浮かべて「はい、なんだか気分が軽くなったようです。有りがとうございました」と軽く頭を下げた。

柿本婦長は「良かったわ。元気になって本当に良かったわ」と笑顔でうなずいて見せた。翌日、柿本婦長は検温に行った時、元気を取り戻した少女に「元気になったから、女性らしく一寸紅を薄くつけて見たらと思って、口紅を持ってきたけどつけてみる？」と聞くと「はい、一寸だけ」とうなずいたので、向い合った少女に口紅を薄くひき、手鏡を向けて「ほら見て、可愛いわよ、とっても」と言った言葉に少女はニッコリと満面の笑みを浮かべた。

その笑顔を見た柿本婦長は「あら！」と目を見開いた。少女の頬にえくぼがはっりと見えた。

笑った顔を見せた事が無かった少女にえくぼがあった事を知り、この新しい発見が良い事の兆《きざ》しの様にも思え、この先少女に良い事がおこるかも知れないと、柿本婦長は一瞬のみ思った事であった。

凌辱された事を他人に知られる事は大変辛い事であり、まして十五才の少女にとっては大変酷《むご》い事で耐えられないと心配した柿本婦長は、高木に話し聖福病院の織田院長に相談し、少女の持ち物の中に父親と母親の実家の住所が書かれた紙が入っていたので、少女は引揚げ孤児として引揚げ孤児を収容する聖福寺境内にある聖福寮に移した後、聖福寮から実家に連絡する事になった。四月二十四日の午前十時、迎えに来た聖福寮の山村保母と共に、玄関のひさしの下で柿本婦長と向い合い、少女は落ち着かない表情を見せていたが、急にきりっとした顔付きになり「本当に有りがとうございました」と頭を下げた後「私、婦長さんの事をお母さんと思ってきました。これからもお母さんと思って忘れません。一生忘れません」と言ってうっすらと涙をにじませた。

柿本婦長の胸に母性愛に似た情感が湧き、思わず両手を伸ばして少女の右手を握った。

「有りがとう。私もあなたを自分の子供の様に思っていたのよ。あなたの事は忘れないわよ。この先実家に引きとられた後、私に用がある時は聖福寮宛てに柿本の名にして手紙を頂戴ね」と言うと、少女は握り返した後「はい、わかりました。それでは行きます」としっかりと頭を下げ、山村保母と共にレンガ造りの門へと歩いて行った。

二人は門の前で振り返ると頭を下げた。

「元気でね！　さようならー！」

柿本婦長の別れの声にニッコリと笑顔で手を振りながら、少女は婦長とその背後の建物に視線を向けた。

辛苦と不安の中で数日間過ごし、心身ともに治療してくれた先生と看護婦さん、そして二日市保養所。

苛酷な引揚げの途中、母を亡くし、更に兵士に凌辱され、一人ぼっちで祖国の土を踏むと言う、思春期の身にふりかかった初めての悲惨な状況に、人道的な人々の支えで乗り切ったものの、一生消える事の無い悲惨な記憶とこれから先の孤独と不安を小さな胸におさめ、少女は柿本婦長に手を振って別れをつげると山村保母に付き添われ、迎えてくれる母は亡い一人ぼっちの身の上でこの先長い人生に向ってレンガ造りの門を踏み出して行った。

辛い穿頭手術

四月五日の手術で取り出した赤子の処置をし損ない、その後、息を吹き返した事があった為、高木は織田院長と相談し八ヶ月に近い妊婦は器具を使い、胎児を母体から取り出す事になった。

器具を使う方法は、穿頭《せんとう》手術と言う鉤《かぎ》の様な特殊な器具を胎児の頭が見えてきた時に頭に引っ掛けて引き出すもので、その時に脳がはみ出て死に至り、医師にとっては辛い手術であるが生きている赤子の息を止める事の方がより辛く、又穿頭手術により、母親として意識が芽生える赤子の泣き声を妊婦は聞かずに済み、更に手術を少しでも早く終了させる事で衰弱している母体の保護にも役立つ事になった。

四月二十四日午後二時より初めての穿頭手術が行われる事になり、現在二名いる助産婦が共に加わる事になった。二人とも初めて関わる手術なのでこれから先の事を考え、今後増えるであろう患者に備えて交代で業務にあたる事になる為、患者が少ない内に早く馴れておく必要があった。

高木の開始の言葉で始まり長い時間が過ぎた後、胎児の頭が見えた所で器具が入った時、二十二才の西川看護婦は思わず目を閉じたが直ぐに直視したその目に、懸命に手術を遂行してる高木の姿が映った。

「辛くともこの仕事をしなければ、患者さんを救う事は出来ない。看護婦として、目をそらしてはいけない」

西川看護婦は直ぐに反省し、辛い仕事に向き合って黙々と遂行している高木の苦労と努力を改めて認識した。

手術が終った後、「先生大変な手術ですね。初めてなので驚きました」と、西川看護婦は衝撃がさめやらぬ表情で、高木に敬意の気持をもって、感じた事を述べると、高木は「そうだね」とうなずき、複雑な表情を西川看護婦に向け、自身に納得させるかのように、ゆっくりとその効果を述べた。

「手術が短くなるから弱っている母体の為には良いんだが、この手術は確かにむごいよ。しかし生きている赤子の息を止める事も辛い事だよ。いずれにしても辛い仕事だね」

四月二十五日は午前十時から、いずれも妊娠三ヶ月前後の三人の手術が行われ、順調に終った。

四月二十六日、再び穿頭手術が行われる事になり、二十才の木山看護婦は早目に準備室に行き待機していると大田看護婦が姿を見せた。

「早いわね」

大田看護婦は笑顔を見せ横に腰を下した。

「そう言えば昨日は買い出しに行ったんでしょう。お米が手に入ったそうね」

「はい、職員の奥さん達と行ったんですけど、三ヶ所目の家でお米が手に入りました。皆さん喜んでおられましたよ」

「何処へ行ったの？」

「柳川です」

「北原白秋の故郷ね。お堀が多くさんあったでしょう」

「お堀は一寸見ましたけど農家の方をまわりました」

「そうよね、でも頑張ったわね、どれ位手に入ったの？」

「十キロ位です。この分はさつま芋や麦を混ぜずに白米ごはんとして患者さんに出すそうです」

「十キロだったら重かったでしょう」

「はい、私は三キロ位リュックにかつぎ、さつま芋を手に持ちましたから、昨日は肩がこったみたいです」と言って、木山看護婦は顔を少ししかめて肩を叩いて見せた。

「えっ肩が？　その若さで痛いの？　木山さんは二十才の若年寄りだわ」

大田看護婦は面白そうに笑った。

敗戦後の物資不足は全国的な社会現象で、国民は食品や衣料品を配給制に従って手に入れていたが、特に必要な食品をおぎなう為、人々は直接農家に出向いて、金銭取引きと共に衣類（和服等）と交換する事で、米や麦、いも等を手に入れていたが、それも全ての人々が出来る訳では無く、又農家に出向いても要望通りに手に入れる事は容易では無かった。

その様にして食品を手に入れる事を、当時買い出しと言っていた。

（この年の十一月三十日、アメリカの民間団体からの援助物資（ララ物資）の第一便が、横浜港に到着し、困窮する国民、特に栄養不良の子供達を救済する助けとなった。）

「只今より穿頭手術を行います。よろしくお願いします」

高木が手術の開始を告げると中島、竹下の両助産婦と大田、木山の両看護婦が「お願いします」と一礼をして穿頭手術が始まった。

時間をおいて陣痛促進剤が数回投与されたが、なかなか効果は現われてこず、患者の表情は疲労一色となって続き、長い時が流れてやっと胎児の頭が見えてきた時、高木は胎児の頭の先に器具をさし込んだ。

膿盆を載せた台のそばにいてその様子を緊張して見ていた木山看護婦は、瞬間息を飲み、高木が手に力を入れて引っ張り、柔かい頭の骨が歪み圧迫されて内部から出てきた脳髄を目にした時、突如のどの奥から激しく突き上がってくるものを感じ、急いで左手を口に当てた。それを素早く察した中島助産婦は、「早く手洗い場に」と指示をした。

木山看護婦が急いで隣の準備室に行き、手洗い用の流しに顔を近づけると同時に、のどの奥から強い酸味の異物が口の中に溢れて吐き出された。更に続けて強烈な酸味の液体と、僅かな異物が口の中に広がり再び嘔吐した。

二度嘔吐した後も突き上がってくる気配は続き、吐き出そうとするが嘔吐物は出てこず、一息ついて蛇口を少しひねって水を流した。

はあ、はあと息をする合間に数回吐き出そうとしたが、苦痛に耐えきれず木山看護婦は床にしゃがみ込んでしまった。

暫くの間、ゆっくりと呼吸をしながら脱力状態で座り込んでいると高木が近づいて来て声をかけた。

「大丈夫かい木山君」

「はあ…」とうなずくと、高木は心配そうに顔を覗きこんだ。

「若い人には衝撃が強過ぎたね。いきなりだったからすまない」

「いいえ、とんでも有りません。私こそ申し訳有りません。次の時はしっかりします」

木山看護婦は慌てて首を振って詫びた。

うなずくと高木は「気にしないでいいよ」と言って戻って行き、中島、竹下の両助産婦が近づいてきて「大丈夫?」と声をかけ、「初めての時は皆、衝撃を受けるのよ。食堂でお茶を飲んだら落ち着くわよ」と慰めてくれた。

その後大田看護婦がそばに来た。

「木山さん大丈夫?」

大田看護婦は腰をかがめて木山看護婦の顔を覗き込んだ。

「西川さんも衝撃だったそうよ。これも看護婦として通らねばならない道の一つだわ。大丈夫よ。これから一歩ずつ強くなっていくわよ」

「そうですね」とうなずき立ち上がって蛇口を締《し》め、「すみません」と頭を下げた木山看護婦を「大丈夫よ」と励まして大田看護婦が戻っていった後、「看護婦として失格だわ。しっかりしなくては…」と恥ずかしい思いと嘔吐の苦痛も加わり、木山看護婦の目にはうっすらと涙がにじんできた。

師範学校生の死

鮮やかな彩りを見せているつつじの花が見られる様になった四月二十七日の夕方、四人の女性の中に十代と思われる少女が、トラックから降りてきた。

頭は丸刈りで顔にススを塗り、身につけている衣服は汚れ、至る所すり切れている様子は他の女性達と同じであったが、その表情は子供らしい一片が見られる少女で、寺尾看護婦は故郷にいる十六才の妹を想い出した。

病室に案内して年齢を尋ねると「十七才です」と沈んだ表情で答えた。

未だ子供なのに可哀そうに…しかも両親と死に別れたのか、たった一人で…暴行され身も心も傷つき、知らない人達に混じってやっと日本に辿り着いた十七才の少女は、相談する相手も無くどんなに辛く心細い事だったろう、と思うと寺尾看護婦は胸が痛んだ。

更に少女は栄養失調もひどかった。

栄養失調は様々な病気や病原菌（細菌、ウイルス）に抵抗する力が弱くなり、結核、気管支炎、眼病（失明）、腸カタル等合併症の併発と言う危険な病気の原因ともなる。体力の低下は手術の際、細菌と闘う力が弱い為、死に至る事があるので少女も又他の引揚げ者同様に体力が回復する迄静養する事になった。

少女は妊娠六ヶ月を過ぎていた。

少女が入所して四日目、寺尾看護婦がいつもの様に検温の為、南北に伸びている建物の南側の先端から東側に数メートル突き出た建物の二階に行くと、廊下の窓辺に少女が立ち外を眺めていた。

寺尾看護婦は少女のそばに近寄り声をかけた。

「お早うございます。気分はどうですか？　二〇二号さん」

問診票に名前が記入されていない患者については、病室の番号で呼ぶ事になっていた。

少女は振り向くと弱々しく頭を下げて口元を和らげた。

「検温ですよ」と言って体温計を渡そうとして「あらっ！　この体温計目盛りが下がって無いわ」と独り言を言って、「えい！　えい！　えい！」と寺尾看護婦は元気の良い声を出した手で強く数回振った（水銀体温計は使用した後、数回振って目盛りを二十六度位に下げて使用する）。

その様子を見ていた少女は「お母さんみたい」と言って弱々しい笑顔を見せた。

〝母親の事を想い出したんだわ。少女の母親はどうしたのかしら…〟と思い、寺尾看護婦は少女の胸中を察してしんみりとしたが、直ぐに〝辛い事を想い出す事になったら可哀そう。話題を変えなければ〟と思い「今日はすっかり晴れて良い天気ですね」と言いながら窓の外へ目を向けた。

少女はうなずき、前方の小高い山に目をやり弱々しく言った。

「昨日は雨でしたから、今日は空気が澄んでいて山もきれいにはっきり見えますね」

「そうね、高くないみたいだから、山登りには丁度良いかも知れないわ。登山道は有るのかしら」と興味を示すと少女はうなずいて言った。

「昔、菅原道真が登ったそうです」

「えっすがわら…?」

「はい、学問の神様と言われていて。この近くの太宰府天満宮に天神様と呼ばれて祀《まつ》られています。平安時代に京都で右大臣の要職についていましたが、左大臣の藤原時平と言う人の陰謀で無実の罪を着せられて、太宰府に左遷されあの山の頂上で天に向って無実を訴えられたそうです。

その後、あの山を天拝山と呼ぶ様になったと言われています。太宰府では不遇な生活を強いられ、幼い子供の一人に先だたれ、太宰府に来て二年一ヶ月程で亡くなられました」

少女はゆっくりとした口調で説明した。

「そうなの、良く知ってるわね。素晴しいわ、学校の先生みたい」

寺尾看護婦は感心して少女を見た。

「私、師範学校の学生でした」

少女は急に淋し気な表情になり俯いた。

「私、学校の先生になりたくて師範学校に入りました。子供達に勉強を教えてあげたいと思って…」沈んでいた少女の目が、一瞬輝いた目になったが、直ぐに悲し気な目に戻った。

「でも戦争でそれが出来なくなるかも…体が元気になったら学校に行きたいけれど…」と言いかけて唇を固く締め、苦痛に耐える様に数秒間沈黙した後、「でも…父も母も…」と言って涙ぐみ、すすり泣きだした。

「可哀そうに…可哀そうに…」とつぶやく様に言った後、沸き上がってくる感情を抑える事が出来ず、寺尾看護婦は少女のそばで掛ける言葉も無く目に涙を浮かべて立ちつくしていた。

入所日から七日後、少女の手術が行われたが六ヶ月以上の妊娠は難しく、終る迄一昼夜かかり何とか流産に成功したが、翌日の午後過ぎ頃から熱が三十八度に上がり、更に三十九度になった。

入所後数日間静養し体力が回復したとは言え、患者の抵抗力は人によって差が生じ、手術後に熱を出す患者は今迄にもいたのだが、少女の熱は三十九度を超えた後三十六度に下がったが再び三十九度を超え、熱の上がり下がりが激しく変化し始めその後、熱は下がらなくなった。

少女の手が小刻みに震えているのを見て、高木は「はっ！」とした。〝敗血症〟と言う病名が頭の中をよぎった。

「うむこれは敗血症だ！　間違い無い」

「えっ！　敗血症ですか先生！」

寺尾看護婦は驚いて高木の顔を見た。

「顔が赤いようだ、ほてっている。敗血症は細菌が血流にのって移動し、臓器に感染するので、死に至る確率が高いんだ！」

〝死〟と言う言葉に衝撃を受けた寺尾看護婦は哀願の目を高木に向けた。

「先生！　助けて！　助けてあげて下さい、先生！」

「うむ、九大で聞いたがイギリスでペニシリンと言う薬が開発されアメリカの会社がつくり昨年ノーベル賞を授与されたと言っていた。とにかく凄い薬だそうだ。アメリカ軍から手に入れる事が出来ないか、救療部に聞いてみよう。電話してくる！」

厳しい表情でうなずいた高木は、急いで診察室へ向った。

「頑張って！　頑張るのよ！　大丈夫だから！」

寺尾看護婦は、懸命に繰り返し少女を励まし続けた。

少女は高熱にあえぎながら「寺尾…さん…わたし…死ぬん…ですか？　わた…し…もう…だめ…なん…ですか…死ぬん…で…すか…？」途切れ途切れに苦痛の声を発した。

「大丈夫よ。助かるわよ！　しっかりしてね！」

励まし続けるものの何も出来ず、寺尾看護婦はあせるばかりであった。

「くや…しい…わたし…は…とても…くやしい…です。あの…男の人…が…憎い…とても憎い…です…寺尾…さん…わたし…死にたく…ない…です…。死にたく…ないです…」

少女はうわ言の様に繰り返し、無念の思いを訴え続けた。

少女が余りにも哀れで、寺尾看護婦の目からとめど無く涙が溢れて頬を伝っていった。

「しっかりしてね。頑張るのよ！」

懸命に励まし続けながらも、麻酔薬も手に入らない状況の中、ペニシリンも同じで手に入らないのでは…と言う思いが頭の中をかすめていき、少女への憐憫《れんびん》の情が溢れ耐えられなくなり、寺尾看護婦は声を出して泣きながら少女を励まし続けた。

結局ペニシリンは入手出来ず、翌日も苦しい息づかいの中「くやしい！　くやしい！」とうわごとの様に繰り返しながら、敗血症性ショックをおこし少女は十七才の短い命で来世へと旅立った。

戦争によって両親に先立たれ、一人生き残った少女も又、その後戦争の犠牲者となり「子供達に勉強を教えてあげたい」と言う献身的な熱意に燃えていた望みを無情にも断たれ、最後は死への道しか与えられない運命にまき込まれる事になってしまった。

この日も地上に光を放ち続けていたその大いなる太陽は、黄昏時、夕陽となって二日市保養所の建物を茜色に染めていたが、折しも燃えつきるかの様に天拝山の北側に連なる小高い山の後方に、沈もうとしていた。

「十八時五十二分、ご臨終です。無念の極《きわ》みです」

〝助ける事が出来なかった…〟と言う無念の表情を浮かべた高木の沈痛の声を耳に、

寺尾看護婦は唇をかみしめ辛さに耐えながら、眠っているかのような少女の白い顔を見続けていた。

翌日、二〇一号室へ検温に向った寺尾看護婦の足が、二〇二号室の前で止まった。二〇二号室前の廊下の窓ガラスへ顔を向けた寺尾看護婦の目に、窓辺に立ち外を眺めていた少女の姿が甦ってきた。

「私、子供達に勉強を教えてあげたいんです」と言って目を輝かせた表情と、淋しそうな少女の顔を想い浮かべた時、寺尾看護婦の目に涙がこみ上げてきた。

「名前を告げる事なく亡くなった少女。

博多埠頭に辿り着く迄の、苛酷な引揚げの中を、必死に生き抜いてきた少女。

『父も母も……』と言って、涙ぐんだ様子を見ると、ご両親は亡くなられたのだろう。親族の方はおられると思うけど、少女は凌辱された事を打ち明ける事は出来ないと、私は思う。多感な十七才の少女の心の中は、痛い程理解出来るわ。

保養所に連れてこられた少女は、その苦悩を打ち明けて思いきり涙し、その辛い思いを受け止めてくれる両親は亡く、どんなに悲しかった事かしら。死ぬ間際まで娘さんの事を心配しながら亡くなったご両親はもちろんだけど、少女の親族や友達も、少女が二日市保養所で苦痛に喘ぎながら一人死んでいった事を、誰も知らない。

何もかも戦争のせいだわ。他国の人と殺し合いをさせて、お互いの国の親や兄弟が殺し殺されてしまう。

戦争のせいで、戦場に行かない少女が戦争の犠牲者になり、悲惨な目に会い、短い命で亡くなってしまった。

戦争が終った後も、生きるか死ぬかと悩んでいる人々がたくさんいるのに、戦争を始めた人達は、今、何をしているのかしら。戦争が無かったら、少女には溌剌《はつらつ》とした少女の青春があり、夢と希望があり、その先には目的に向って歩いて行く人生があったのに……。

不憫な少女は、苦しみながら死んでいった。誰にも知らせずにたった一人で……身寄りもわからないから……少女は無縁墓地に……何と哀しい少女の運命かしら……訪れる人も無く……」

「そうだわ」と寺尾看護婦は突如ある事を思いつき、窓辺に近づくと前方の天拝山へ目を向け、心の中で少女への思いを決意した。

「私はあなたの事を、絶対に忘れないわよ。時々、あなたとの会話を想い出すわ。お墓にも会いに行くわよ。あなたの親族の方や友達は、あなたがどこにいるのかわからないまま、時が過ぎて忘れてしまうかも知れないけど、私はあなたがこの二日市保養所にいた、と言う事を。二日市保養所で、健康になって子供達に勉強を教えてあげたいと願い、私と色々な話をした事を、私は決して忘れないわ。

これから先、あなたは私の心の中にいつ迄も生き続けるのよ。良いでしょう、二〇二号さん。あなたは私の心の中の妹なのよ。永遠に。決めたわよ二〇二号さん」

寺尾看護婦の瞼に、少女の弱々しい笑顔が浮かんできた。

母親の決意

五月十日、トラックから降りてきた女性の中に一組の母親と娘がいた。

涙ぐんでいる娘に寄り添う様にして、玄関に入ってきた母親の目も赤くなっていた。

「お気の毒に…」と思いながら柿本婦長は二人を二階の病室へ案内した。

衣類を手にして再び病室へ行き、二人を温泉の風呂場に案内して「ここの温泉は疲労の回復や皮膚病・筋肉痛等に効能が有るんですよ。ゆっくりお入り下さい」と説明すると「有りがとうございます。お世話になります」

母親は沈んだ表情で丁寧に頭を下げた。

〝娘さんは二十才位であろうか…〟柿本婦長はうちひしがれた母娘の様子に、戦争によって発生する数多くの被害を痛感し無情を感じた。彼女も栄養状態は悪く六日程の静養が必要であった。

その後、柿本婦長の親切な対応に心が和む様になり、母親は時折、柿本婦長と会話を交わす様になった。

その様な或る日の夜八時過ぎ頃、廊下の窓辺に立っている母親を見かけた柿本婦長が近寄って声をかけると「今日は娘が早く寝入りましたので、ここで昔の事を……幼かった頃の娘の事を色々と想い出して、涙しておりました」と悲しそうに言った。

「故郷の家の庭にも銀杏の木がありまして、里に帰った時、娘は銀杏の実を拾ってきて遊んでおりました」

柿本婦長が窓の外へ目をやると、月明りの中、銀杏の木がレンガ塀にそって数本並んでいるのが見えた。風の無い静かな夜であった。

「食堂でお茶でもいかがですか？」

柿本婦長が誘うと「はい」と母親はうなずいた。

食堂は既に消灯されており、柿本婦長は湯を沸かし急須に番茶を入れ、二つの湯呑みに注ぐと台の上に置き向い合って腰を下ろした。

「辛い思いをされたんでしょうね…」

慰めの言葉をかけると、辛かった過ぎし日の出来事が甦ってきたのか、母親は瞑目し口元を固く結んで俯いた。

「困っている事が有りましたら何でも相談されて下さい。私達が出来る限り受けとめて、お手伝いさせて戴きますよ」

柿本婦長の柔らかい口調と思いやる言葉に、母親はゆっくりとうなずいた。

母親は自分達の苦しい思いを他人に話す事も出来ず、今迄何とか耐え続けてきたが、柿本婦長の人柄に信頼感を持ち、辛苦の原因となった経緯を吐き出すかの様に語りだした。

「私達夫婦が大陸に渡った事で、娘が悲惨な目にあってしまい悔まれてなりません。夫は現地で召集され、私の父と娘の三人での生活でした。あの日二人のソ連兵がやって来て娘を連れ去ろうとしたので、娘を助けようとした私の父はいきなり銃で撃たれたそうです。私が近くの知人宅に行っていた十五分程の事です。

私が戻ると父は…虫の息でした。私は泣きながら『お父さん！』と呼びかけましたが、父は声を出す事が出来ず、苦痛に歪んだ顔で私を見る目に涙が溢れてきました。どんなに無念だった事か…孫娘を守ってやれなかった無念さ、くやしさが…どんなに……」

言葉が詰まり、母親の目に涙が溢れ、頬を伝って台の上に落ちた。

「娘は二人の兵士に連れ去られ、或る空屋に連れ込まれ暴行されたのですが、二人の兵士が喧嘩を始めた隙に逃げ帰ったそうです。娘はどんな…」

母親は再び言葉をきって目を閉じると俯き、二人の間に十秒程近く沈黙が流れた。

柿本婦長は、母親のそんな様子に同情の目を向け、ゆっくりとうなずいて話した。

「そうですか、私も引揚げ者で京城の病院に勤務しておりました。親切な現地の人もおられましたが日本を恨んでいる人もいましたから、その人達に日本の女性が暴行されたと言う噂も聞いた事もあります。

満州や朝鮮にソ連兵が襲いかかって来たと言う噂も聞きました。満州や朝鮮で女性が暴行され、住民達は銃を持った兵士達にお金や時計等略奪されたそうです。兵士達は銃で脅すので、男の人も抵抗出来なかったそうです。朝鮮では日本人だけでなく、朝鮮の女性も暴行されたそうです」

少し落ち着きを取り戻した母親は、ゆっくりと顔を上げた。

「本当に恐ろしい事です。戦争さえ無かったら…」と言って溜息をつき唇を固く結び、気をとり直した様に話を続けた。

「何と言いましても、娘の事を思うと耐えられません。近所の娘さんも兵士達に暴行され、その上同じ日本人にも暴行されたそうです。同じ日本人がひどい目にあってい る女性に暴行するなんて鬼、畜生と同じです。ひど過ぎます。数日後その娘さんは自殺されました。父親は私の夫と同じ現地召集でした。

私は娘さんが自殺された事を知り、驚き同情しておりましたが、突然『はっ！』として真っ青になりました。

もしかしたら、私の娘も自殺をするかも知れないと思ったからです。

私はどうすれば良いのか、朝から晩迄悩み続けました。この様な事を相談する相手は誰もおりません。私はどうしよう　どうしようと焦《あせ》りながらも、取り敢えず娘から目を離さない様に気を付けました。

そして周囲の人達と共に日本に引揚げる事になった時、私は娘に言いました。

『お母さんと一緒に日本に帰るわよ。いいわね、必ず帰ろうね』

しかし、いかに真剣に言っても、これだけでは説得力が無いのでは無いかと心配になり毎日考えましたが、良い考えは浮かんできません。そこで私は、もしも娘が自殺するような事になったら、私も後を追って死のうと決心しました。

そう決心すると少し落ち着いた気になり、私と娘は一緒に行動するのだと考える様になり、娘に話しかける言葉が自然と出る様になり、度々娘に話しかけました。

『毎日がとても辛いけど、あなたが一緒にいるからお母さんは頑張る事が出来るのよ。お父さんはいないし、もしもお母さん一人だったらこれ迄生きてこれなかったと思うわ。あなたと一緒だったから頑張ってこれたのよ。一緒に日本に帰るのよ。必ず帰ろうね』

娘が自殺をするのか生きて日本に帰る事が出来るのか、私には全くわかりませんでした。

一番心配だったのは就寝時です。夜がやってくるといつも不安でした。寝床についてもなかなか眠る事が出来ません。夜中や朝方目覚めた時『はっ！』として横に目をやり、娘が眠っているのを見て『ほっ！』と安堵の胸をなで下す毎日でした。

しかし、その間私は何度か弱気になる事があり、いっその事、娘と一緒に死のうか、と思った事もありましたが、二十才の若さで死んで良い筈が無い。親として余りにも無責任ではないかとその都度思い直した事でした。

引揚げ船に乗った時はこれで日本に帰れると安堵しましたが、日本の港に着いた後どうしようかと真剣に悩んでおりました所、船医さんから博多港に相談係の人がいますのでそこで相談して下さい、保養所は治療費もかかりません、と言われ張り詰めていた緊張感がゆるみ立っていられなくなりふらっとよろけてしまい、横におられた看護婦さんに支えて戴き恥入るばかりです。皆さんにはとても感謝しております」

長い身の上話を終えた母親は、頭を下げて礼を述べた。

辛い思いを受け止めながら聞いていた柿本婦長は、改めて戦争は絶対にしてはいけない事だとつくづく思ったのだった。

旅館が建ち並ぶ武蔵温泉通りの一角にある建物の玄関に、数人の人影が現われ賑やかな声がとび交った。

「お忙しか所、無理ば言いまして…」

「大したもんですよ先生」

「これからもお願いしますよ」

「いやー見事でした。ごりっぱです」

午後十時前、武蔵温泉音楽同好会の会長達に見送られ「今日は久し振りに若返りました。それでは失礼致します」と挨拶をして、高木は温泉通りの東側にある筑紫館を出た。

街路樹の柳の木が通りの両側に立ち並び、小さな若葉をつけた細い枝が夜風に揺れている。久し振りに音楽に接した高木は、その余韻にひたりながら、そよ風の中をゆっくりと歩いて行った。

数日前、散髪屋で偶然言葉を交した音楽同好会の会長にバイオリンを少々たしなむ事を話すと、会長は目を輝かせて「是非お力をお借りしたい」と切望し、その理由を説明した。

それによるとバイオリンの奏者が急用で上京し、一ヶ月程戻れない事が判明した。バイオリンが抜けると演奏がうまくいかないので、その間三回程代役をして戴きたい。是が非でもとの事であった。

会長に切に頼まれ、それでは仕事に支障が無い時にと言う事で高木は承諾し、今日がその一回目であった。

南の方角に続いている通りを数分歩き、旅館がきれた辺りから左に折れ百メートル程先を更に左に曲がると、五十メートル程の所にレンガ塀が見えてくる。レンガ造りの門を入り、宿舎に向って歩きかけた高木は、何気なく保養所の玄関に目を向けたが「おや?」と思って立ち止まった。目をこらして見ると玄関のひさしの下に、人影らしきものが見えた。

「誰だろう?」と思いながら近づいて見ると、最近入所した若い女性の母親であった。

母親の方も近づいてくる人影に気付き、用心深い目を向けていたが、人影が高木医師だと気付き、「あっ先生」と安堵した声を発した。

「夜も遅いのにどうされましたか？」

高木の穏やかな問いに、母親は戸惑いながら言った。

「娘の事をお月様にお願いしようと思いまして、ここで祈っておりました。家の中より外に出た方が良いのではと思いまして…」

「そうですか、しかしお母さんも余り思い詰めない様にして下さい。お母さんが病気になられたら、娘さんにとって大きな心配事になりますよ」

「そうですね、でも親は子供が生まれた時から這《は》い這《は》いをして歩き始め、走り回って遊び小学生へと成長していく姿が全て記憶に残っておりますから、悲惨な目にあった娘が可哀そうで、幼い頃の無邪気な姿が浮かんできましてとても辛くなるんです」

母親はそっと目頭を拭いた。

「そうですねえ…」と理解しながらも、「もう遅いので休まれた方が良いですよ」と勧め母親が戻って行くのを見た後、〝娘さんはもちろん母親も又、戦争の犠牲者と言えるなあ…〟と思いながら宿舎に向って足を運んで行った。

桜の木に若葉が枝いっぱいに広がり、暖かさがゆっくりと地上をつつみ込んで、心身共に疲弊している女性達の気分を和ませる、穏やかな春を感じさせる今日此頃であった。

冬の寒い日々を数ヶ月間耐え過ごしてきた人々が、待ち望む春。爽やかなこの季節、静養する人々にとって最適の環境であったが、その春爛漫は四季の中、秋と同じくうつろいが早く、五月の上旬頃から軽く汗ばむ日が日毎に増していった。その様な時候の五月十七日、母親と共に入所した女性の手術が行われた。

「先生どうかよろしくお願い致します」

手術室の前で母親はすがる思いで高木に頭を下げた。

「わかりました。娘さんは七ヶ月を過ぎていますので時間がかかると思いますが、最善を尽くしますよ」

高木の力強い言葉に安堵した様子で、母親は病室に戻っていった。

八ヶ月に近い妊娠は、一昼夜はかかるだろうと高木は推測していた。

陣痛促進剤の漢方薬を使い陣痛を誘発させようとしたが、直ぐに反応は無く、時間をおいて再度行って経過を見る事にした。午前十時に始まった手術は昼夜を過ぎても苦闘は続き、翌朝東の空が白みかけた頃、兆候を見せ、それから間もなく胎児を取り出す事が出来た。

その間、高木達は交代で仮眠をとり、成功を願いながら努力を続けた。

患者も長時間苦痛に耐え、手術中に体を動かしたりする事は無く、ただ呻《うめ》き声を発するのみであった。

まんじりともせずに一夜を明かした母親は、手術が無事終了した事を告げられ目を見開いて喜び、満面の笑顔を見せて感謝の言葉を述べた。

更に「麻酔薬無しの手術でしたが、娘さんは長い間良く耐えられましたよ」と聞き「あの子は本当に頑張ったのですね。あの子は…」と言って何度もうなずき涙ぐんだ。

担架で運ばれて病室に戻った患者はそのまま昼頃迄眠り続け、目覚めた後、さつま芋を混ぜたご飯とかぼちゃの煮付けに味噌で味付けした水団《すいとん》（小麦粉を団子にして汁で似た料理）を食べ、牛乳を飲んで再び眠りについた。

翌日の午前十一時過ぎ、柿本婦長は手術後の具合を本人から聞く為、患者の病室へ向った。

高木は手術の予定があるので、手術後の経過状態を柿本婦長に指示をしていた。

患者の部屋の前に人影が見えたので「誰かしら…」と思い近づいていくと、それは患者の母親で、気配に気付いた母親は振り向き戸惑った表情を浮かべて頭を下げた。

笑顔で会釈をして母親のそばへ歩み寄った時、柿本婦長は「おや？」と耳をすませた。

病室の中から何やら声がしている様に思い母親へ顔を向けると、母親は口元を和ませてうなずいて見せた。

柿本婦長は入口に近寄り耳をそばだてると「…志をはたしていつの日にか帰らん…」中から淋しそうに唄う声が聞こえてきた。歌は文部省唱歌の〝故郷〟(作詞・高野辰之)であった。

柿本婦長が母親のそばに戻っていくと「娘が眠っていましたので一寸散歩にお庭をまわり戻ったところ娘が唄っておりました。直ぐに入った方が良いのか、それとも唄が止む迄待っていた方が良いのか迷っていた所でした」

母親は説明した後、柿本婦長に尋ねた。

「どう思われますか?」

「そうですね。部屋に入られて懐かしい歌ね、お母さんも一緒に唄いたくなったわ、と言われて二人で唄われたら良いと思いますよ」

柿本婦長の勧めに母親はうなずくと、戸をノックして病室の中へ姿を消した。

二人の話し声がしてその後母親と娘の唄声が聞こえてきた。

「うさぎ追いしかの山、小鮒釣りしかの川…………忘れがたき故郷」

一番を唄い終った後、母親と娘の笑い声が聞こえ、その後二番の唄声が続いた。

柿本婦長はニッコリと笑みを浮かべ「良かった、歌が終る迄待っていよう」と思った。

五月下旬頃から各新聞にだしていた広告文を見て今迄迷っていた所、決心したり或いは既に帰郷していた女性が、体の異変に気付いたりして二日市保養所にやってくる様になった。

その様に入所者が増える様になった事もあり、博多港の検診医として引揚げ船の船医をしていた北山医師が六月一日付けで二日市保養所に転勤が決まり、二日市保養所の医師が二名となった事で救療部が急務としていたが、容易に補充しえなかった医師の定員が整う事になった。

五月二十八日、母親に付き添われて入所した女性が退所する事になった。

手術後四日がたった時、季節変わりの風邪を患い、手術直後でも有り用心をとって、一週間程治療を続け完全に回復したと高木の許可のもと退所が決まった。

五月二十八日の午前中、高木は三人の女性の診察を終えて一息つき、「もう五月も終りか……」と思った時、今日退所する娘さんと母親の事を思い出した。

娘さんの手術前、人気の無い夜の玄関の外で、娘さんを案じて月に祈っていた母親の表情が、娘さんの手術後明るくなった事を、柿本婦長から聞いていた。

「娘さんも手術の痛みに良く耐えてくれた。考えて見ると、今迄の手術で誰一人として痛みに耐えきれずに、体を動かすと言う女性はいなかった」

手術中にいきなり体を動かしたりすると、傷がつき、抵抗力が十分で無い状態では細菌によって死に至る事がある。

不十分な薬品や衛生用品もさる事ながら、その事も大きな心配事であったが、全ての女性は良く耐えてくれた。

女性達が、麻酔薬を使用しない耐え難い手術に、驚く程の意志の強さで耐え抜いた理由は、手術の痛みより更により以上の苦痛となる、凌辱され妊娠した状態。異人の赤子を出産した時の周囲の蔑視と非難にさらされて生きていく事は出来ない。又親、兄弟姉妹も巻き込まれる。

そうなったら死ぬしか無いと言う絶望を思えばこそ、呻き声を発するのみで、激しい痛みにも耐える事が出来たのであろうと、高木は女性達の追いつめられた胸の内を推しはかっていた。

本来、赤子は例外を除いて全ての人々に愛され、他人の赤子でさえ可愛いと言う感情を抱くものだが、母親に耐え難い苦痛を与え、自殺に追い込む程の原因となり、堕胎され生命を絶たれてしまう、何の罪も無い赤子の哀しい運命。

凌辱され、身籠った赤子を産み育てたいと望む事が出来なかった、女性達の哀しい運命。

二日市保養所に助けを求めた人々と共に、二日市保養所に関わった人々も又、哀しい運命と言えるだろう。

思えば、戦争と直接関わっていない女性達が悲惨な目にあい、その女性達を救う為に毎日のように手術を行ってきて二ヶ月になるが、この手術は色んな面で容易では無かった。思い起こせば、昨日の事のようにはっきりと甦ってくる。

手術台の上で、歯をくいしばって激しい痛みに耐え続ける、女性達の歪んだ表情……。手術を終えて目隠しを外したその目には、苦痛に耐え続けたあかしが……。全ての女性の目に滲《にじ》んだ涙が、無影灯を受けて光っている。

産声をあげた赤子が膿盆におかれ、母親を求めて発する悲し気な泣き声……。

その赤子の命をとる時、手に伝わってきた赤子のぬくもりの感覚はいつ迄も消える事は無く、その後、赤子や幼児を目にすると、その時の赤子のぬくもりが手に甦ってくるような感じがしてくる。更に穿頭手術で、胎児の頭に器具を引っ掛けて引き出す時の、そのむごさは、医師の私でさえ目をそむけたくなる程に辛いものだ。その辛さとおぞましさに、戦慄に似たものを感じる。

これらの悲惨で哀しい出来事は、自然によってもたらされたのでは無く、愚かな人間の判断によっておこった事なのだ。

最大の悪行と言える戦争なのだ。

遠い昔から繰り返されてきた戦争……。あらゆるものを破壊し人の心を獣のように変えてしまう。

小さな戦争も大きな戦争も犠牲者となるのは常に名も無き多くの人々……。特に一般の弱い立場の女性達と子供達なのだ。

やり切れない気持ちになった高木は、立ち上がり窓辺に寄って外へ目をやった。南北に長く伸びている広い庭の中央辺りに小さな池があり、そのそばに四人の子供達がいた。池のそばに立っていた三人の男の子が急にしゃがみこみ、横に立った一人の女の子が男の子達を見ている。高木の長男の姿もその中にあった。

青空の下、子供達がかがみこんで何やら遊んでいる姿に「この庭には、穏やかな平和がある。保養所内の出来事が地獄とすれば、ここは天国と言えるだろう」としみじみ思ったが、「無心に遊んでいる子供達の姿を見ていると心が安らぐ。しかし、この先この様な平和が続く事を、唯願うしか無いのだろうか……」と、高木は悲観的な思いを取りはぶく事が出来ず、窓辺から離れた。

午後一時過ぎ、前日入所した患者の付き添いの女性と会話を始めた時、柿本婦長が伝えに来た。

「先生、間もなく退所される方のお母様が、帰る時、先生にご挨拶をさせて戴きたいと言われていますが、よろしいでしょうか？」

「そうですか、それではこちらの話が済んだら私の方から知らせましょう」

「はい、わかりました」

柿本婦長が去って行くと、高木に促されて付き添いの若い女性は話を続けた。

「先程お話しした通り、私が付き添ってきた人は私と同じ満州からの引揚げ者です。二十人程のグループと一緒でした。責任者は元兵士の人と五十代の会長さんと呼ばれていた人です。

私達は指示にしたがって、昼間は林の中に隠れてソ連兵や暴漢達に見つからない様にしていましたが、どうしても明るい内にその川を渡らなければいけなくなり川の近くに行った時、銃や棒を持った男達に囲まれて『女をだせ』と脅かされ、元兵士だった人が三人の女性に男達の所に行く様に命じました。

三人の女性は慰安婦の人だと後で知りました。そしてその四日後、別の暴漢達に囲まれ同じ様に『女を出せ』と言われ、又三人の女性が行く様に命じられましたが、女性達は『もう厭です』と断られましたが、三人は強引に連れて行かれました。

三度目は銃を手にした二人のソ連兵でした。兵士の一人が私の腕をつかんだ時、慰安婦の一人の人が『この子は未だ子供だから私が代わりになる』と言って私を庇ってくれました。

そしてやっと港に着いた時、その女性は血を吐き、港で診察を受けお医者さんから結核と言われました。

『私は死ぬかも知れないわ。今迄辛い事ばかりだったから死ぬ事は恐くない。死んだ方が楽かも知れない』とその人は淋しそうに言われた後『名前を言ってなかったけど私は島田みづえと言うのよ』と名前を教えてくれました。私は、島田さんは死ぬ覚悟をしているのだと思いました。

それに島田さんは『私、性病にかかっているかも知れない』とも言われました。『若い頃仕事の募集をしている所に行き騙《だま》され脅されて、慰安婦にさせられて死のうと思ったけど、どうしても死ねなかった。でも病気で死ぬ事が出来るならいつ死んでも思い残す事は無いけど、ただ田舎の母は私がどうなっているかも知らず心配していると思うと、それだけがとても辛いのよ。そんな私に付き添って貰ってごめんね』と言われて私は泣きました。

こんなに思いやりのある人が、何故辛い事ばかりあるのだろうか、悲しくなり『私はあなたに助けられ感謝しています。必ず病気は治りますよ。あきらめないで下さい』と励ましています。先生、島田さんをどうか助けて上げて下さい。島田さんに病気は治ると安心させてあげて下さい」

話し終えた付き添いの女性は、呼吸を整える様にふーっと息を吐くと返事を知りたくて高木の顔を直視した。

「わかりました。とても辛かった事でしょう。まず性病の治療を行いながら結核の治療を考えていきましょう。梅毒だったら脳がやられますから、いずれにしろ今日早速調べましょう。あなたはこれからもその方を励ましてあげて下さい」

「有りがとうございます。先生お願い致します」

付き添いの女性は深く頭を下げて診察室を出て行った。

「終った事を婦長に知らせてきなさい」

高木の指示に「はい、わかりました」と町田看護婦が診察室を出て行った後、高木は椅子から立ち上がり先程と同じく窓から外へ目をやった。

外は青い空が広がっていたが、池のそばに子供達の姿はなかった。

子供達の姿を予想していた高木は、多少わびしさを感じながら、そのまま視線を向けていると、先程の付き添いの女性の話が甦ってきた。

〝今迄入所した女性達とは異なった状況の戦争犠牲者だったが、未だ未だ様々な犠牲者が出てくるだろう。

先程、池のそばで遊んでいた子供達は、保養所の出来事など知らない。戦争による犠牲者の事など知る由も無い。

これから先、世界のどこかで争いがおきるかも知れないが、戦争の犠牲者と言う言葉を使う事の無い世の中になって欲しいものだが……〟

高木は深い溜息をついた。

その時、町田看護婦が戻ってきた。

「先生、今玄関の方へ行かれました」

「わかった。じゃ玄関に行ってこよう」

玄関に行くと、母親は上田事務長に挨拶をしている所であった。

高木が近寄って行き母親のそばに立つと、母親は深々と頭を下げて礼を述べると続けて言った。

「娘も見違える程元気になりました。故郷に戻り落ち着きましたら改めて娘からお礼の手紙を差し上げます」

「いえ、お母さん」と高木は穏やかな口調で否定した。

「手紙は必要有りませんよ」

「いえ、それでは余りに礼を失する事になりますから、せめてお礼の気持を伝えねばいけません」

恐縮する母親に高木はうなずき説明した。

「娘さんは今日から生まれ変わったのです。ここの門を出られたら、その時からこの二日市保養所の事は全て忘れて下さい。

辛かった出来事等の記憶は今日で終りですよ。それらの事は全てここに置いて行って下さい。娘さんのこれからの幸福の為に、今迄の辛い事は全て忘れる事です。私達は娘さんの幸福を心から願っています」

母親の目に涙が溢れてきた。

「先生有りがとうございます。それではお言葉に甘えさせて戴きます。先生、このご恩は生涯…生涯忘れる事はございません」

言葉を詰まらせながら母親は深く頭を下げ、その横で娘も涙を浮かべ「有りがとうございます」と頭を下げた。

「お気をつけてお帰り下さい」

「それでは失礼致します」

母親と娘は目頭を手で拭き、レンガ造りの門へ向って歩き出した。

母親と娘の後ろ姿を見送っていた柿本婦長の脳裡に突然、聖福寮に移っていった少女の顔が浮かんできた。

検温の時も食事の時もいつも泣いていた少女。

一日中泣いているのではないだろうか、と思える程いつも泣きべそをかいていた可哀そうな少女。

口紅を薄くひいてあげた時、ニッコリと満面の笑みを浮かべたあの少女は、今しあわせに過ごしているかしら…。

母親と娘はレンガ造りの門の手前で立ち止まると振り返った。

高木は笑顔を見せ右手を振って最後の別れを告げた。

上田事務長も手を振り、柿本婦長は〝しあわせになってね〟と思いを込めて手を振った。

母親と娘はこれから先、二度と会う事は無いであろう高木や上田事務長、柿本婦長、更に二日市保養所の人々全員に向って感謝の心をこめて深々と頭を下げると、向きを変えてレンガ造りの門の外へ、新たな人生の一歩を踏み出して行った。

親子が去って行ったレンガ造りの門へ目を向けたまま、上田事務長が高木に話しかけた。

「戦争がおこれば又同じような悲劇がおこるんですね」

「そうですね。戦場での酷い死体や引揚げの途中、道端に転がっているいくつもの死体、更に死体が重なって置いてある有様《ありさま》を見た知人が悪魔の所業ではないかと思う程、残酷なものでした、と言ってましたが、世の中には残酷と思われる事を平然とする人や、その反対に真から優しい人がいますが、昔の人々は残酷な事をする人の事を人に害を及ぼす悪の神や鬼畜が人に化身したと考え、優しい人の事を天からの使いの様だと思い浮かべる様になり、悪魔と天使と呼称する様になったのでは無いだろうか、と以前思った事が有りますが、そうすると悪魔と天使は架空の事で一部の人間の行動だとすれば個人や組織の権力者の中に、悪魔の様なと言われる所行をする少数の人間がいつの世にも存在すると言う事になりますね。

　時代は代わっても人間の本質は変わらないと言いますからね、人間に強過ぎる権力欲や性欲が有る限り被害者は絶えないでしょう。私が学生の頃〝人類は神がつくった〟と言っていた同級生がいましたが、そうであるならば相手に害を及ぼす程の欲を自制出来る仕組みを脳につくっておいてくれたら、戦争や様々な悲劇もおこらないだろうと最近そんなたあい無い事を考える事が有るんですよ」

「ええ、わかりますよ。先生の気持は。国の指導者の思案、決断によって国民の運命が変わり、多くの人々が戦争の犠牲者となりますからね。特にここにくる女性達の悲惨な記憶は、一生消える事は無いでしょう」

「消えないでしょうね……確かに。上田さん、今思ったのですが、私は患者さんに今迄の事は忘れて新たな人生を歩んで下さい、といつも言うのですが、私自身この仕事から解放された後、ここでの出来事を忘れようとしても忘れる事が出来ないような気がしますよ」

「そうですね。記憶から消える事は無いでしょうね。しかし先生も大変ですね。これから先満州方面からの引揚げ者が増えるそうですから」

「忙しくなるでしょうね。しかし頑張りますよ。皆頑張っていますからね」

そう言った後「戦争さえなかったら女性達は悲惨な目にあう事も無く、普通の生活を送っていただろうに…」と内心思った時、高木の脳裡に新たな決意が湧き上がってきた。

「娘さんが自殺したら自分も死のうと決意した母親の悲しみと苦しみ、或いはもっと悲惨な目にあい苦しんでいる人もいるだろう。

私は今迄、被害者を助けてあげたいと言う思いであったが、更に一歩進み自分の家族の事と言う思いを持ってやる事だ。この仕事を頼まれた時は真剣に悩み未曾有《みぞう》の非常事態を考えて、引揚げが終る迄だと思い引受けたが、今思う事は家族の気持で最後の一人が終る迄この仕事をやり遂げる事だ」

　高木は母親と娘が去って行ったレンガ造りの門へ目を向けたまま強い決意をもってうなずいた。

終

内容の一部に今日では使用されない地名や表現がありますが、内容の時代背景を考慮し、当時使っていた言葉のまま書いております。

冒頭に出てきます博多駅は、昭和三十八年十二月当時の博多駅から後方六百メートル程の所に、博多区博多中央街一丁目と地名変更され移転しています。
又同じく冒頭の路面電車は、昭和五十四年二月に廃止されました。

二日市保養所の存在は事実ですが人々が実際に見聞した事柄を元にしたこの小説の登場人物の言動については著者の創作です。

不幸な戦争による犠牲者となった女性たちの悲惨きわまる辛苦をご自身の身内の様な心情を持たれて取材された上坪隆氏に敬意を表させていただきます。

二日市保養所に関わられて人道的行為を遂行された方々に敬意の気持をもってこの小説を書きました

○参考文献

『戦後50年引揚げを憶う　アジアの友好と平和を求めて』引揚げ港・博多を考える集い 発行
『戦後50年引揚げを憶う（続）証言・二日市保養所』引揚げ港・博多を考える集い 発行
『水子の譜《うた》』上坪隆著　現代史出版会・社会思想社・文元社 発行
『引き揚げと援護三十年の歩み』厚生省援護局編
『病気がみえる』第六巻　医療情報科学研究所編　メディックメディア発行
『ペニシリンはクシャミが生んだ大発見』百島祐貴著　平凡社

著者プロフィール

大津 誠一郎（おおつ せいいちろう）

昭和15年　福岡県生まれ

昭和39年　法政大学卒業

福岡県在住

哀しい運命の人々　二日市《ふつかいち》保養所

2020年6月15日　初版第1刷発行

著　者　大津 誠一郎

発行者　瓜谷 綱延

発行所　株式会社文芸社

〒160-0022 東京都新宿区新宿1－10－1

電話 03-5369-3060（代表）

03-5369-2299（販売）

印刷所　株式会社暁印刷

ISBN978-4-286-21570-9